GERHARD HARTMANN

NACHRICHTEN VON UNDINE

Geschichten um Komponisten und Opern

SELBSTVERLAG

Der Autor, Dr. Gerhard Hartmann, ist Literaturwissenschaftler und künstlerisch mit Opernlibretti, Übersetzungen, Nachdichtungen und dem Roman „Der arme Gundling" hervorgetreten.

Alle Rechte beim Autor
Herstellung: Books on Demand GmbH
ISBN: 3-8311-3448-0

Umschlag
Flöte spielender Hirte
Belvedere Pfingstberg Potsdam
Foto: Peter Rohn

Inhaltsverzeichnis

Die rasenden Schmerzen. Seit Tagen rissen sie ihm fast den Schädel auseinander. Dazu der holpernde Wagen auf der schlechten Potsdamer Straße. Nichts hatte angeschlagen. Weder die Nelkentinktur, von seiner Frau als sonst probates, sänftigendes Mittel sachkundig bereitet, noch der ekelhafte scharfe Branntwein hatten betäubende Linderung bringen wollen. Graun war elend: Vielleicht hätte er doch auf den alten Leberecht hören sollen. Der hatte ihm beim Barbieren in den Mund geschaut, das kranke Utensil von allen Seiten beklopft und dann unter bedenklichem Kopfschütteln gemeint, da helfe nur noch die Zange und - dies mit treuherzig klingender Stimme - ob er es nicht gleich an Ort und Stelle machen solle. So wie der Zahn jetzt wackele, sei mit größerem Malheur nicht zu rechnen, und wenn er den Übeltäter gar recht an der Wurzel zu packen bekäme, könnte bald alles wieder vergessen sein.

Hätte er denn einwilligen sollen? Vielleicht Blut spuckend, mit klaffender Kieferwunde und geschundener Lippe wie ein gefolterter armer Sünder vor den Souverän treten? Entsetzlicher Gedanke. Man musste sich, wohl oder übel, in sein Schicksal fügen, inständig auf ein Wunder hoffen; es war ja durchaus vorgekommen, dass einem auch die schlimmsten Qualen erträglich wurden.

Friedrich um Aufschub der Audienz zu bitten, zu der er Hals über Kopf nach Sanssouci beordert worden war, wäre mehr als riskant gewesen. Wie hätte der wohl das lächerliche Zahnreißen seines Hofkomponisten kommentiert: Ausflüchte eines hypochondrischen Jammerlappens, welcher sich nur davor drücken wolle, ihm Rede und Antwort zu stehen. Dieser König, der sich selbst viel darauf zugute hielt, eigene störende Befindlichkeiten zu unterdrücken, kannte für Schwächen anderer allenfalls herablassende Geringschätzung. Was blieb einem Untertan schließlich anderes übrig, als sich in den Willen des Herrschers zu schicken? Dass alles immer im unrechten Augenblick kommt, dachte er grämlich.

Die stickige Luft in der Kutsche erzeugte klaustrophobische Beklemmung. In den Schläfen hämmerte es. Würgender Druck stieg vom Magen in den Schlund, schnürte die Brust ein und benahm den Atem. War dies das Ende? Der Gedanke trieb das Blut in den Kopf, in den Ohren brauste es, der verzweifelte Schrei erstickte zu heiserem Flüstern: Traf ihn der Schlag? Schwanden ihm die Sinne? Rasend vor Angst hämmerte er mit dem Stock gegen die Wand. Warum hielt der Kutscher nicht? War das ein Komplott? Wollte man ihm ans Leben? Sollte er in diesem rollenden Sarg verrecken? Ehe die Übelkeit ihn völlig übermannte, riss er keuchend den Schlag auf und stürzte aus dem noch nicht zum Halt gekommenen Wagen ins Freie.

Bevor ihm der Kutscher zu Hilfe eilen konnte, hatte er sich aufgerappelt und lief, diesem mit heftigem Rudern der Arme bedeutend, er solle ihm um alles in der Welt vom Leibe bleiben, die paar Schritte bis zum Waldrand hin. Nur nicht den Rock besudeln, dachte er, als er sich, an einen Baum gestützt, erbrach, nur nicht zusammensacken auf die Knie, das Beinkleid könnte zerreißen.

Aus der dumpfen Benommenheit holte ihn eine Stimme. Ob er dem Herrn Kapellmeister behilflich sein könne, hörte er den Kutscher fragen. Widerstandslos ließ er sich zum Wagen führen. Er wolle keinen Medikus, murmelte er, während er sich die Kleidung notdürftig säubern ließ. In dem schönen neuen Schloß, meinte der Kutscher, Mitleid in der Stimme, werde man ihn dann richtig zurechtstutzen.

Graun fühlte sich besser. Da waren nur noch leichtes Schwindelgefühl und der schmerzende Kiefer. Er blickte sich um. Zu beiden Seiten der Straße wuchs dichter Nadelwald, ein paar vereinzelt stehende Buchen hier und da, mit im Lichte der schon spärlichen Oktobersonne gelblich-braun schimmernden Blättern. Der Tag versprach freundlich zu werden. „Ach was", knurrte er mürrisch, „ist mir egal." In einer guten Stunde würde man die Residenz erreicht haben. Die Havel, hinter welcher die Stadt allmählich begann, lag irgendwo weiter unten, wo der Wald schon lichter wurde; er meinte, den Geruch von sumpfigem Wasser zu spüren. Bald würde man das vor der Brücke gelegene Schloss Glienicke erreicht haben, und dann war es nicht mehr weit. Jetzt zu Hause im Bett liegen, im Gefühl behaglicher Geborgenheit seinen Kaffee trinken und sich trösten lassen. Was musste der König ihn auch nach Potsdam zitieren, so eilig war es mit der neuen Oper doch wohl nicht, und wenn schon, hätte man ihn schließlich auch ins Berliner Schloss beordern können, Friedrich residierte dort häufig genug.

Selbstmitleid war, wie bei ihm so oft, wohltuender Entrüstung gewichen. Das wirkte wie Medizin. Nachdrücklich ließ er sich auf den engen Sitz fallen und sagte in etwas zu forschem Ton zum Kutscher, der eben den Schlag schloss: „Gebe Er Achtung, Wilhelm, dass Er mir nicht zu rasch fährt, ich will noch etwas schlafen."

Er wachte erst wieder auf, als der Wagen klappernd über das Kopfsteinpflaster am ehemaligen Potsdamer Friedhof auf das neue Berliner Tor zurollte, wieder nur zu neuerlichem Verdruss, denn der den Pass visitierende Unteroffizier stierte ihn, indem er seinen Namen und das Signalement umständlich buchstabierte, impertinent an und erwiderte auf Grauns ungeduldige Frage, wie lange das denn noch dauern werde, er tue nur seine Pflicht und müsse sich von keiner Zivilperson Vorschrift machen lassen.

Gleich hinter dem Tor ließ Graun in Höhe der noch unter Friedrich Wilhelm erbauten Heiliggeist Kirche halten. Kleine Fachwerkhäuser säumten die Straße. Wie man hörte, sollten sie in der nächsten Zeit prächtigen Bauten mit Barockfassaden weichen, wie sie jetzt in Mode kamen und in Berlin allenthalben aus dem Boden schossen. Als er das letzte Mal vorbeigekommen war, hatte sich das Tor noch in Bau befunden.

Es war gut, sich vor der Ankunft ein wenig zu sammeln: Er liebte es nicht, aus dem rollenden Rhythmus der Reise zum abrupten Stillstand zu kommen, gleichsam unvorbereitet, hastigen Atems am Ziel zu erscheinen - man fühlte sich dann so nackt und mochte niemandem ins Auge sehen. Form war nicht nur in der Kunst alles, auch im Leben wollte sie jeden Tag geübt sein. Dem Kutscher, der nach seinem Arm griff, um ihm beim Aussteigen behilflich zu sein, nickte er freundlich zu. Nun, da er wieder Stadt um sich hatte, fühlte er sich gleich besser. Würde der Zahn nicht schlimmer, mochte es sich schon aushalten lassen.

Es war gegen neun, um elf sollte die Audienz, verlief alles wie vorgesehen, beginnen. Zeit genug, in aller Ruhe einen Blick auf das neue Tor zu werfen. Graun versuchte, sich trotz des pochenden Schmerzes zu konzentrieren, die wenigen Passanten, welche wohl zum Fährboot gingen, um sich nach Nowawes übersetzen zu lassen, nicht zu beachten. Er gedachte, sich weder durch das zwischen mäßigem Mezzoforte und wütendem Fortissimo auf- und absteigende Geplärr eines Kindes, welches, nach dem kraftvollen Atem zu urteilen, offenbar an der eigenen, derart erzeugten Musik Gefallen zu finden schien und wohl so bald nicht zum Ende kommen würde, noch durch irgendetwas anderes ablenken zu lassen.

Auch nicht von dem Baulärm, der aus der Gegend des hinter dem neuen Stadtkanal gelegenen Schlosses herüberdrang. Dessen Umbau zum Potsdamer Residenzpalast, von Friedrich sogleich nach der Thronbesteigung befohlen, war erst im vorigen Jahr vollendet worden. Knobelsdorff, erinnerte er sich, hatte das gleichzeitig mit Schloß Sanssouci machen müssen, doch sollte der trotz seiner vom König mit keinem Worte bestrittenen und postum von diesem sogar gnädig vor aller Welt gewürdigten Verdienste in der letzten Zeit vor seinem Tode - man hatte ihn erst vor wenigen Wochen in Berlin zu Grabe getragen - nicht mehr allzu sehr in Gunst gewesen sein.

Kein Wunder, der König mischte sich in alles ein, mochte das Architektur sein oder Musik. Graun wusste darauf manche Melodie. Es konnte einen schon auf die Dauer ruinieren, mit geduldigem Untertanensinn dem ästhetischen Dilettanten-geschmack Friedrichs zu huldigen, welcher sich, war er in der rechten Laune, scheinbar ungerührt anhörte, was man vorzubringen hatte, doch von einer einmal gefassten Meinung selten abging. Knobelsdorff, dessen hitziges Temperament bekannt war, hatte es wohl nicht länger ertragen, sich ständig von seinem besserwisserischen Souverän kujonieren zu lassen. Der konzentrierte die bauliche Umgestaltung seiner Residenz auf die unmittelbare Nachbarschaft des alten Schlosses. Von hier aus sollte sich die Stadt nach seinen Plänen erneuern. Vor allem am Kanal, in der Breiten Straße, wo die Garnisonkirche stand, und am Markt wurde von Büring und Manger gebaut -

tüchtigen Architekten von geringer Originalität der Phantasie, aber geübt im Nachahmen, denen es mithin nicht schwerfallen konnte, sich dem Geschmack des Königs zu konformieren. Für Bürgerhäuser mochten sie taugen. Gebaut wurde ohnehin nichts Besseres ohne allerhöchsten königlichen Konsens: Einige der prächtigen Fassaden, hörte man, seien von Friedrich selbst entworfen.

Die wenigen Schritte von der Kutsche bis zu dem Punkte, von dem er das Torensemble auf sich wirken lassen konnte, waren beschwerlich. Nach solch strapaziösen Reisen schwollen ihm neuerdings die Beine und schmerzten bei jeder unbedachten Bewegung. Vom Tiefen See strich kühler Herbstwind über das Ufergelände: Graun blickte zum Wasser hin, mußte unversehens niesen und ehe er zum Schnupftuch greifen konnte, trieb ihm ein jäh auffahrender, reißender Schmerz, der den Schädel zermalmen wollte, das Wasser in die Augen. Ob es von einer Erkältung kommt?, dachte er; mit den Jahren wurde man immer empfindlicher. Mißmutig hob er, das Tuch an die Wange pressend, wodurch sich   Linderung einstellte, den Kopf und blickte mit trüben Augen zum Tore hin.

Er hätte nicht sogleich sagen können, was sein Missfallen erregte. Irgendetwas fehlte. Der erste Eindruck war, dass das Tor keine Aura besaß: ein zu schmal geratener römischer Triumphbogen, zwei korinthische Säulen zu beiden Seiten des Mittelportals, auf der Attika in einer Linie mit jeder Säule die Figur eines römischen Kriegers. Alles wenig unmittelbar, kein Andreas Schlüter, Antike als bloße gefällige Dekoration, unverstanden und glatt.

Er musste an die römischen Triumphbögen denken , vor denen er vor gut zehn Jahren in Ravenna und Rom gestanden hatte, als er im Auftrag des jungen Königs über die Alpen gereist war, um italienische Sänger für die kurz vor der Eröffnung stehende Berliner Oper zu engagieren. Für ihn, der aus dem Norden Deutschlands kam, wohin die Römer niemals vorgedrungen waren, um ihre Spuren für Jahrtausende zu hinterlassen, waren das grandiose Monumente einer Weltmacht, welche, wenngleich unterjochend, mit ihrer unendlich überlegenen Kultur das Leben in den besiegten Regionen eindrucksvoll geprägt hatte. Auch noch nach fast zwei Jahrtausenden wirkte das beklemmend und faszinierend. Hier in Preußen aber kam Antike gleichsam aus dritter Hand: sinnentleertes architektonisches Ornament aus dem Süden, das nichts in einem anrührte. Was für Musik konnte man darauf machen?

So wie die römischen Krieger in malerischer, sentimental verklärter Grazie erstarrt standen, hatten auch die Opernhelden zu sein. Dies war der Geschmack des Königs; man musste da wohl oder übel kuschen, gedachte man, unbeschadet von größeren Querelen in Amt und Würden zu bleiben. Höfische Pose, manierierte Verkleidung waren verlangt, nicht störender Versuch von Wahrhaftigkeit. Was unter solcherart Kunstdoktrin geschaffen werden konnte war letztlich dazu verdammt, provinziell zu bleiben, Surrogat dessen, was an den Höfen der etablierten Großmächte gepflegt wurde.

Wie ging das denn weiter? Kultur als hübsche Dekoration, sterile Schönheit, ohne trotzigen Widerspruch. Grimasse statt Gesicht. Keine guten Aussichten für die eigene Unsterblichkeit. Verdrießlich starrte er vor sich hin. Er war kein feuriger Knobelsdorff, welcher sich bisweilen mit den Mächtigen angelegt hatte, hielt sich im Großen und Ganzen an Friedrichs ästhetische Maximen - man kann das schon viel zu gut, fuhr es ihm durch den Sinn - und umging sie nur, wo dies sich gefahrlos machen ließ. Im Wesentlichen blieb er aber im Stil des gerühmten Hasse aus Dresden, den der König ihm bei weitem vorgezogen hätte, wenn er ihn nur bekommen könnte. Doch so töricht war der Dresdener gewiss nicht, das Laisser-faire des sächsischen Hofes gegen das dürre Regiment von Berlin und Potsdam zu tauschen.

Nein, er selbst würde mit Umsicht zu Werke gehen, nichts riskieren, was zu Zerwürfnis mit dem rechthaberischen Preußenherrscher führen konnte: Er war nun gute Fünfzig, zu alt, um irgendwo neu anzufangen, kannte seine künstlerischen Grenzen, hatte in Berlin sein schönes Auskommen und genoss etliches Ansehen, das ihm mancher seiner Berufsgenossen glühend neidete, stand in der allerhöchsten Gnade - sollte er es da darauf ankommen lassen, weggejagt zu werden, fort in eine ungewisse Zukunft? Wie der noch jüngst von Friedrich vergötterte Voltaire, eine europäische Zelebrität ersten Ranges? Was war denn aus dieser illustren Freundschaft geworden, als der König über die freilich etwas ungewöhnliche und moralisch auch anfechtbare Lebensweise des Philosophen nicht mehr hinwegsehen wollte, Voltaire die zuletzt sehr deutlichen Mahnungen jedoch missachtete? Bei Nacht und Nebel musste sich der aus dem Staube machen, noch unterwegs von den Kreaturen Berlins verfolgt und gepiesackt. Friedrichs böses Wort, Voltaire tauge nur zum Lesen, hatte in der Hauptstadt schnell die Runde gemacht und nun erwähnte man dessen Namen besser nicht. Graun warf noch einen letzten Blick auf den verhunzten Triumphbogen und überlegte, was er dem König sagen konnte, sollte dieser nach seinem Eindruck fragen.

Wieder eingestiegen, befahl er dem Kutscher, sich gleich hinter dem Tore rechts zu halten, bis man an den Windmühlen vorbei zum Bassin käme, von dort weiter am Holländischen Viertel vorbeizufahren und dann geradeaus; so vermied man die Baustellen jenseits des Kanals und gelangte auf kürzestem Wege nach Sanssouci.

Die Wache am Schloss ließ sie ohne große Formalitäten passieren: Graun war zur Audienz avisiert. Auf dem Schlosshof hielt die Kutsche zum letzten Mal, ein betresster Lakai öffnete den Schlag und sagte - sehr eingelernt und mit papageienhafter Stimme -, er habe Order, den Herrn Kapellmeister zum Schloss zu führen, woselbst ihn der Kammerhusar Seiner Majestät schon erwarte. Graun, mit etwas flauem Gefühl in der Magengegend, folgte ihm wortlos.

Der Kammerhusar, ein noch verhältnismäßig junger, gut aussehender Mann, von der Art wie sie der König gern um sich hatte, welcher ihm jedoch noch gänzlich fremd war und dessen bürgerlich klingenden Namen er, kaum gehört, wieder vergaß, bedeutete ihm mit jener unverbindlichen Liebenswürdigkeit, welche er partout nicht ausstehen konnte, doch zu seinem Ärger immer wieder bewunderte, Majestät befänden sich in einer offiziellen Verhandlung, ein Ende könne niemand absehen. Doch habe der König am Morgen bei der Besprechung der Termine seinem Wunsche Ausdruck gegeben, den Herrn

Kapellmeister, komme was da wolle, zu sehen, selbst wenn dies nur für kurze Zeit sein sollte. Auf Grauns vorsichtige Frage, wie denn das Befinden der Majestät sei, meinte der Kammerhusar mit dem Anflug eines Lächelns, dem zu entnehmen war, er verstände den Sinn der Frage wohl, der König habe eine gute Nacht gehabt und sei aufgeräumt.

Ob der Herr Kapellmeister noch Wünsche habe? Hierbei blickte er ein wenig zu lange auf dessen Perücke und den Rock, wo offenbar doch noch Spuren des morgendlichen Vorfalles dem geübten Blick erkennbar waren. Um eine Erfrischung, die man drüben im Salon servieren werde, und was immer es sonst sei, brauche er sich nur an den dortigen Lakaien zu wenden. Auch wenn er für die Nacht Logis wolle, könne das arrangiert werden. Graun fiel es schwer, sich zu konzentrieren, gelassen zu erscheinen, denn der pochende Schmerz machte ihn fast unfähig zu reagieren und verstärkte das missliche Gefühl ärgerlicher Unterlegenheit. Mit Mühe stieß er hervor, er wäre dankbar, könnte er sich nach der beschwerlichen Reise erfrischen und seine Kleider ordnen, er wolle sich dem König unter keinen Umständen abgespannt oder derangiert präsentieren. Auf einen verwunderten Blick seines Gegenübers bemerkte er reserviert, den Schmerz unterdrückend, denn sich wehleidig zu zeigen, wozu er in solchen Fällen durchaus neigte, schien hier nicht am Platze, er leide schon den ganzen Morgen an Zahnreißen, welches ihn - mühsames Lächeln - doch ein wenig marode mache.

Dem sei abzuhelfen, meinte der Kammerhusar mit einem Blick, der anteilnehmendes Verständnis, doch beileibe nicht peinliches Mitleid ausdrückte: Man könne ihn sogleich dem Hofmedikus vorstellen, welcher in solchen Fällen - bereits mit ausgestreckter Hand - stets kundigen Rat wisse. Er selber müsse sich leider entschuldigen, es habe ihm Freude gemacht, dem Herrn Kapellmeister vorerst behilflich gewesen zu sein. Er möge dann in einer Stunde im Empfangszimmer, wohin man ihn führen werde, Platz nehmen; der Lakai stehe die ganze Zeit zu seiner Verfügung und habe die betreffenden Instruktionen. Alles andere kenne er gewiss, sei er ja nicht das erste Mal hier. Freundliches Kopfnicken. Schon war er fort. Kalter Fisch, dachte Graun, der sich unbedeutend und elend vorkam, als er dem Lakaien zum Arzt folgte.

Es ging gegen elf, als er wieder im Schloß war. Wider Erwarten hatte man ihn direkt ins Musikzimmer geführt. Kein Antichambre. Friedrich, mit dessen Erscheinen jeden Augenblick zu rechnen war, wollte wohl auf die üblichen Formalitäten verzichten und den inoffiziellen Charakter der Zusammenkunft hervorheben. Eine freundliche Geste seinem Komponisten gegenüber.

Graun blickte aus den hohen Fenstern, die bis fast an den Sims reichten, über welchem die schöne, reich mit Ornamenten verzierte Wölbung der Decke ansetzte, ohne etwas vom Park wahrzunehmen. Nach der Einreibung mit der opiumhaltigen Tinktur hatte der Schmerz einem merkwürdigen Gefühl der Benommenheit Platz gemacht. Vielleicht war das nur die Reaktion auf die Aufregungen, die mit dem Erscheinen des Feldjägers und der von diesem überbrachten Order, sich heute zur Audienz in Sanssouci einzufinden und über den Fortgang der Komposition an der gemeinsamen Oper *Montezuma* zu berichten, ihren Anfang genommen hatten. Denn mit leeren Händen vor den königlichen Librettisten zu treten, war ganz und gar undenkbar. So mussten innerhalb weniger Stunden eine Reihe von Skizzen entworfen werden, die eine bereits intensivere Beschäftigung vorspiegelten und vor allem dem Wunsche des Souveräns nach 'edler Melodie' entgegenkamen, also nach seinem Gusto waren. Dieser war Graun hinlänglich bekannt; immerhin stand man bereits seit fast zwanzig Jahren in Friedrichs Diensten, war noch vom ehemaligen Kronprinzen als Kammersänger nach Rheinsberg gerufen worden.

Wie viele Kantaten er damals geschrieben und aufgeführt hatte! Jetzt waren es eigentlich nur noch Sachen für das neue Berliner Opernhaus, dessen Kapellmeister er sogleich nach Friedrichs Thronbesteigung 1740 geworden war. Da der König eine durchaus günstige Meinung von der Musik besaß, die Graun im Laufe der Zeit an seinem Hofe komponiert hatte, war er ausersehen worden, die librettistischen Versuche seines Brotgebers zu komponieren, und diese Gunst wollte er sich schon bewahren. Da war es klug, sich an Etabliertes zu halten.

Kühnen musikalischen Ausdruck tolerierte Friedrich absolut nicht, er konnte dann sehr ungnädig werden, sich diese Art die Ohren beleidigenden Gekreisches empört verbitten und seine Entrüstung über den schlechten Geschmack des Komponisten lauthals kundtun. Man wusste das und richtete sich danach.

Das Herz begann stärker zu klopfen, als der Kammerdiener jetzt die Tür öffnete und der leichte, schnelle Schritt seines königlichen Dienstherrn zu hören war. „Mon cher Graun", drang es an sein Ohr, als er sich aus der tiefen Verbeugung aufrichtete, „welch schöner Augenblick." „Majestät" - war das die eigene Stimme? Der Kopf schien wie leer, doch bevor er sich sammeln konnte, redete Friedrich bereits weiter. „Die Musik, Graun, ach, wenn ich mit Ihm tauschen könnte!" Er hat mir nicht die Hand gegeben, dachte der Kapellmeister verwirrt und bemühte sich, Friedrich ins Gesicht zu sehen.

Damals in Rheinsberg, fuhr dieser in seinem geschliffenen Französisch fort, dessen rhetorische Brillanz die eigenen Äußerungen zu armseligem Stammeln zu disqualifizieren schien, damals in Rheinsberg habe man noch Muße gehabt, das Leben ganz unter die Kunst zu stellen, jetzt geriete sie einem fast zum Dekor, erfordere doch die Lenkung des Staates die ganze Kraft. Heute jedoch, so habe er beschlossen, wolle er sich dieses schöne Vergnügen zu ungewöhnlicher Stunde gönnen. Der arme Quantz, den er jeden Nachmittag ins Schloss bestelle, müsse oft umsonst warten, ihn auf dem Spinett zu begleiten. „Hat Er ihn mir nicht damals empfohlen? Das ist ein tüchtiger Kerl, der auch ganz hübsche kleine Stücke für mich komponiert. Hat Er seinen Traktat über die Flöte gelesen? Was sagt Er? Potent, das Werk. Was meint Er?"

Und schnell weiter: Interessant, dass nicht jeder von Natur aus gleich gut Flöte spielen könne, selbst wenn er intelligent genug dazu sei, auch poetisches Gefühl, Musikalität und Ausdauer besitze, weil eben gewisse physiologische Voraussetzungen nun einmal unerlässlich seien: schmale Lippen, feingliedrige Finger, eine gute Lunge und dergleichen mehr. Wo treffe man dies schon alles an? Man müsste solcherart Anlagen für jede Profession herausfinden, täten doch eine Menge Leute das für sie absolut Falsche. „Wer kann ein guter Soldat werden? Was braucht ein Maurer?" Was müsse - lächelnder Seitenblick - ein Kapellmeister für Kapazität aufweisen? Wisse man dies, so brauche nur noch bestimmt zu werden, was einer machen solle, und wenn er dazu in gute Lehre käme, ordentlich an die Kandare genommen werde, wäre damit dem Wohle des Staates gedient und dem Kandidaten auch.

Da der König nun innehielt und ihn ansah, musste etwas gesagt werden. Quantz zu loben, wollte er partout vermeiden, das Thema zu wechseln ging indessen nicht an.

Etwas mühsam stieß er hervor, Majestäts allergnädigster Vater habe nach diesem Prinzip erfolgreich gehandelt. Dessen Lange Kerls seien, da sie die Muskete nicht aufzusetzen brauchten, um den Ladestock herausziehen zu können, viel schneller zum Schuß gekommen, und Friedrich Wilhelm habe sie, um des Nachschubs nicht zu ermangeln, auch mit hochgewachsenen Weibern verheiratet, damit sie wieder Lange Kerls zeugten.

Graun merkte es sofort. Es war kein guter Einfall gewesen, und er unterdrückte sogleich den Anflug von Heiterkeit, der sich auf seinem Gesicht ausbreiten wollte. Friedrichs Miene hatte sich verdüstert. „Dafür konnten sie auch viel schneller totgeschossen werden", knurrte er aufgebracht. „Was soll ich mit denen, wenn die Musketen kürzer werden!"

Es war, jeder wusste es, nur die halbe Wahrheit. Friedrich hatte die privilegierte Elitetruppe seines Vaters gleich nach der Thronbesteigung aufgelöst, deutliches Zeichen dafür, wer nun der Herr sei. Wie hatte er das vergessen können.

Doch, um über Militärisches zu sprechen, unterbrach der König seinen Gedankengang, habe er ihn nicht rufen lassen. Damit sei sein Kopf schon voll genug; außerdem pflege er mit Leuten nur über das zu reden, wovon sie etwas verständen. Oder wolle er ihm soufflieren, er möchte einige von den Kerls für seine Oper brauchen? Dann solle er sich nicht zieren, die könne er haben, seien sie dort doch wenigstens zu etwas nütze.

Graun zwang sich, die Augen nicht niederzuschlagen, um vor seinem königlichen Brotgeber nicht unterwürfig dazustehen, welcher nicht zimperlich war, wenn es galt, seine Meinung zu äußern, der auch anderen recht unverblümt Grobheiten ins

Gesicht sagte, in alles hineinredete, auch dort wo ihm genaue Sachkenntnis gänzlich fehlte, und geringsten Widerspruch, wurde er ihm ärgerlich, sofort und mit Entschiedenheit unterdrückte.

‚Nun rede Er schon, ohne Umschweife und geradezu. Kann Er mein Libretto so komponieren, wie Er es vor sich hat?‘

Auf diese etwas heikle Frage war Graun vorbereitet. Kritische Einwände vorzubringen, die den Inhalt des Werkes betrafen, würde er sich hüten; dies wurde von ihm wohl auch nicht erwartet. Wie die Dinge lagen, hätte es darüber kaum des Nachdenkens gelohnt. Bei anderen Textschreibern musste man da mitunter durchaus auf der Hut sein. Es war nicht immer sicher, ob in solchen Arbeiten die eine oder andere versteckte Anspielung auf Unzulänglichkeiten der Friedrichschen Staatsführung geargwöhnt und dem König eilfertig hinterbracht wurde. Dies kam mitnichten nur von den widerwärtigen Sykophanten, deren es bei Hofe etliche gab, mitunter waren das sogar einflussreiche Leute von Stand, die sich als Tugend-wächter und Sittenrichter aufspielten und in ihrem borniertem Redlichkeitswahn sich Urteil über Kunst anmaßten, harmlose, allenfalls hübsch pointierte Sentenzen einem als doppelbödige Insubordination auslegten, weil sie meinten, den preußischen Staat vor frecher Freigeisterei schützen zu sollen.

All dies konnte einen vom König besoldeten Kapellmeister in Misskredit bringen. In seiner Position besaß man schon Feinde genug, welche gewiss keine Gelegenheit versäumten, derartige Insinuationen zum eigenen Vorteil vorzubringen. Wie Friedrich in solchen Fällen reagierte, konnte man kaum voraussehen. Der fette Marquis d'Argens, seit langem als einer der engeren Vertrauten des Königs in Gunst und gefürchtet, mochte einen mit einem passenden Bonmot unversehens zum Gespött machen, und auch der windige Italiener Algarotti, ein scharfzüngiger und gebildeter Literat, welcher die Graunsche Musik schon gelegentlich als schwerfällig und des Humors ermangelnd zu denunzieren beliebt hatte, würde wohl kaum eine Gelegenheit auslassen, auf seine Kosten spitzfindige Geistreicheleien - so etwas gefiel dem König immer - herauszusprudeln. Doch solcher Ärger war hier nicht zu befürchten. Wer würde es im Ernst wagen, den königlichen Librettisten zu bekritteln?

Der so gewonnene Rückhalt barg allerdings auch seine Gefahren. Alle künstlerischen Ungereimtheiten des Librettos, sollten sie dem Werk zu entschiedenem Nachteil gereichen, würden mit Sicherheit unerwähnt bleiben, die Unvollkommenheit des Gesamteindrucks dagegen ganz und gar der Musik angekreidet werden. Wenn der König auch dergleichen Kabalen zu durchschauen pflegte, sie gelegentlich zum Anlass nahm, sich über die armselige Widerwärtigkeit der menschlichen Kreatur auszulassen, so waren sie ihm wiederum so unlieb nicht, kam es ihm in den Sinn, den Betroffenen mit spöttischer Überhebung, in welcher er sich gern übte, aus heiterem Himmel zu überfallen: 'Nun, Graun, ein Hasse ist Er wohl eben nicht; sage Er selbst, ob ich es nicht etwa mit einem anderen versuchen sollte.' Man wusste dann nie so recht, wie das gemeint war, und musste noch gute Miene zum bösen Spiel machen.

Graun hatte sich hundert Mal geschworen, Demütigungen dieses Kalibers nicht mehr an sich heranzulassen. ,'Carl Heinrich', klang ihm die etwas schrille Stimme seiner Frau in den Ohren, ,die Welt ist schlecht, mit so etwas muß man leben wie mit einer Krätze', doch traf es ihn jedes Mal aufs Neue, besonders wenn es unerwartet kam und man den Urheber nicht erraten konnte. Eines war gewiss: Vertrauen konnte man dem König nicht, wie der wohl selbst auch niemandem traute, sondern einen allenfalls gelegentlich ins Vertrauen zog.

Laut sagte er, denn nun durfte nicht mehr gezögert werden, sollte nicht der peinliche Eindruck entstehen, man sei schlecht vorbereitet: „Majestät, ich bin schon mitten in der Arbeit und habe auch Probe mitgebracht, über die ich das allergnädigste Urteil erbitten möchte, um dann umso eifriger fortzufahren."

Lange hatte er überlegt, ob er dem König sagen sollte, wie sehr ihm der lyrisch-kontemplative Grundzug des Werkes zupasse kam, die Anlage des dreiaktigen Librettos im Großen und Ganzen durchaus den Erwartungen entsprach, doch wollte er sich allerdings hüten, Friedrich Komplimente zu machen; in seiner Stellung verbot sich solches, da es mit Sicherheit den Anschein berechneten Servilitätsbeweises erwecken würde.

Seines Amtes war, entgegenzunehmen und auszuführen, allenfalls auf Befragen zu bekunden, er täte, was ihm aufgetragen, willig und mit Freude.

So beantwortete er die folgende Frage, ob denn das Handlungsgefüge den Sängern ausreichend Anlass gebe, ihre stimmlichen Potenzen zu schöner Entfaltung zu bringen, die Arien auf die Protagonisten auch gut verteilt seien, mit betonter Sachlichkeit, diese charakterisierten die Figuren im Text sehr deutlich und kontrastreich, und er werde größte Sorgfalt darauf verwenden, sie den besonderen Eigenschaften eines jeden Sängers musikalisch anzupassen.

Während er den mexikanischen Herrscher Montezuma vor allem lyrisch auffasse - kurzer, vergewissernder Blick in das Gesicht seines Gegenübers -, als Person, welche, wie er bemerkt zu haben glaube, ohne Erweisung von Güte nicht existieren könne, und hier an einen der ausgezeichneten Soprankastraten denke, welche man jetzt in Berlin habe und der, wie er hoffe, ohne die königliche Entscheidung präjudizieren zu wollen, in dieser Partie wohl reüssieren werde, sehe er in dessen Braut Eupaforice eine kluge, leidenschaftliche Person liebreizenden und zugleich feurigen Charakters: eine Rolle, wie sie der Primadonna Astrua - fast war er versucht zu sagen ‚auf den Leib geschrieben‘ sei, hätte dies nicht zu despektierlich geklungen - sehr zugute käme.

Da der Kapellmeister wohl wusste, wie sehr der König die Primadonna schätzte, was auch in der erstaunlichen Höhe des Salärs, welches der sonst als knauserig bekannte Herrscher ihr zugestand, sichtbar war, beeilte er sich auf die diesbezügliche Frage mit der Antwort, er habe ihre sängerische Eigenart mit gebührender Sorgfalt studiert und hoffe, ihr eine Partie schreiben zu können, in der sie alle Register ihrer seltenen Stimme zu ziehen Gelegenheit erhalten werde. Er denke da an reiche Kadenzen mit artifiziellen Verzierungen neben schlichteren lyrischen Empfindungen, die jede Facette ihres brillanten Talents - das war ihm gut eingefallen, stellte er erfreut bei sich fest - im rechten Lichte erscheinen lassen würde. Dies sei umso leichter möglich - ganz nebenhin, um Aufdringlichkeit zu vermeiden, denn hier konnte dem König Schmeichelhaftes indirekt gesagt werden -, lasse doch das Libretto sie in den verschiedensten Stimmungen agieren. Dem schließlichen Duette beider würde die Kontrastierung, dessen sei er gewiss, gut zustatten kommen. Den spanischen Eroberer Cortez sowie die feindlich sich gegenüberstehenden Feldherren Narves und Pilpatoe gedenke er mit den verbleibenden Kastraten zu besetzen, während die Partien der beiden Vertrauten des kaiserlichen Paares, Tezeuco und Erissena, von dem Tenoristen und der Sopranistin, wie er das in Vorschlag bringen möchte, ausgeführt werden könnten.

Der König hörte, obwohl er sich unterdessen erhoben hatte und, an einem der großen Flügelfenster lehnend, unverwandt in den jetzt sonnenbeschienenen Park starrte, augenscheinlich aufmerksam zu und war, konnte man der entspannten Pose trauen, zufrieden. „Fahre Er nur fort, Graun", ermunterte er seinen Kapellmeister freundlich, „ich sehe, Er hat meine Disposition verstanden." Dies verhieß zumindest nichts Böses. „Findet Er nicht auch, dass sich Eupaforices Wesen erst im zweiten Akt ganz enthüllt? Welch außergewöhnliches Weib!"

„Majestät meinen ihren Kampf um die Rettung des Gatten. Eine eindrucksvolle Passage", sagte Graun, froh, sich noch daran zu erinnern, denn bei der Lektüre des Textes war ihm der Mittelakt dramaturgisch matt erschienen; die Handlung zerfaserte und Kürzung wäre dringend anzuraten. Doch hatte er daran bisher keinen Gedanken verschwendet. Vorerst stand man noch ganz am Anfang, und da er chronologisch vorzugehen gedachte, hatte es mit dem zweiten Akt noch gute Weile. Er hoffte, den König, war es erst so weit, mit musikalischen Argumenten zu überzeugen. Schon lag ihm eine sondierende Anspielung auf der Zunge, doch zwang er sich, in das abwesend lächelnde Gesicht Friedrichs blickend, zur Zurückhaltung; dieser hätte ihm heute die freimütige Unterbrechung gewiss nicht gelohnt. Es wäre nicht das erste Mal gewesen: hochgezogene Brauen und peinlich erstaunter Blick von oben herab - da irre er wohl, mache er nur ruhig das Seine und verlasse er sich getrost auf den Geschmack seines Dichters, der wisse schon.

So brachte er die Rede lieber auf den Chor, den er der Vorlage gemäß einzusetzen gedenke. Man habe bisher noch keine wirklich guten Choristen und für die Tenoristen und Bassisten Soldaten zu nehmen, erwiese sich nicht als sehr günstig, da diese zumeist nur über rudimentäre gesangliche Ausbildung verfügten und durch grobe Ausführung der Partien - grölendes Gebrüll hätte er lieber sagen wollen - dem Werke zum Nachteil gereichen würden.

Der König schien die Anspielung auf die für die Bildung eines anständigen Chores erforderlichen Mittel zu überhören und befragte Graun jetzt angelegentlich nach dem Zustand des Balletts, welchen er zu bessern gedenke, denn hier könne man sich noch keineswegs mit den Italienern oder Franzosen messen, selbst die Engländer machten da mehr Furore. Dennoch solle er unbedingt gute Ballettpiecen für die Entreacts machen; das müsse schon sein.

Plötzlich war es wieder da. Als Graun zum Zeichen des Einverständnisses stumm den Kopf neigte, fühlte er entsetzt, wie sich gleichsam ein Schleier vor die Augen legte und aus der Gegend des lädierten Backenzahnes ein grell aufzuckender Blitz bis in die linke Schläfe drang, die er unbewusst mit einer schnellen Bewegung der Hand bedeckte. Einen Augenblick hatte er vor Überraschung und Schmerz die Selbstbeherrschung beinahe verloren. Friedrich, von der abrupten, unkontrollierten Bewegung überrascht, war, als der Kapellmeister hastig von seinem Stuhl aufsprang, einen Schritt zurückgetreten und blickte perplex und, wie es schien, leicht angewidert in Grauns Gesicht, auf dem das hilflose, Verzeihung heischende Lächeln zu einem verzerrten Grinsen entstellt war.

„Was hat Er denn, Graun?", erkundigte sich der König forschend, ihn mit neugierig kaltem Blick fixierend. „Er wird mir doch nicht auf der Stelle in die Krankheit desertieren? Er sieht ja ganz puterrot aus!" Der Kapellmeister, der sich nun wieder ganz in der Gewalt hatte, mühte sich augenblicklich, der peinlichen Szene eine günstige Wendung zu geben: „Es ist nur ein schlimmer Zahn, Majestät", sagte er, so klar und sachlich es ihm jetzt möglich war, „und schon vorüber."

Friedrich, nicht mehr überrascht, ging, die Hände auf dem Rücken, den Kopf leicht zur Seite geneigt - eine Pose, deren Manieriertheit er offenbar liebte -, langsamen Schrittes um

Graun herum und musterte ihn, die Augen leicht zusammengekniffen: „In seinem Alter sollte Er mehr Abstinenz üben. Verfahre Er nicht zu wörtlich nach der schönen Maxime, dass Essen und Trinken Leib und Seele zusammenhält. Er sieht ja ganz apoplektisch aus. Dass Ihn nur nicht der Schlag trifft! Soll ich Ihm Exerzieren verordnen, damit Ihn die Völlerei nicht ein vorzeitiges Ende nehmen lässt? Oder Ihm etwa befehlen, auf einem ordentlichen Pferde zu reiten, statt sich kutschieren zu lassen? Dass seiner Fettsucht der Garaus gemacht wird? Denke Er doch an seine Frau. Was soll die ohne Ihn machen?"

Jetzt sich nicht ducken, nicht die Zähne zusammenbeißen müssen, den rasenden Schmerz in taumelnder Bewegung laut und unflätig herausbrüllen bis zum Gefühl restloser Leere - es hätte vielleicht lindernde Erschöpfung bedeutet. Statt dessen nur hilflos trotziges Achselzucken, mühsam unterdrücktes Keuchen, Schweißtropfen, hastig von der Stirn gewischt.

„Sehe Er mich an. Ich bin marode genug und werde bald in die Grube fahren, doch macht mein Leib nicht mit mir, was er will. Ich gebe ihm die Sporen wie einem alten Klepper!" In der Tat liefen in Berlin längst Gerüchte, der König, kaum vierzig Jahre alt, treffe Dispositionen für den Fall seines Endes.

Doch schien Friedrich dieses vertrauliche Eingeständnis bereits zu reuen, denn er fuhr, Graun einer stammelnden Antwort enthebend, schnell fort: „Lasse Er nur gut sein. Was hält Er denn von der italienischen Textversion?" Er hatte es sich in einem der schönen Rokokosessel bequem gemacht und sprach, den Kopf auf die Hand gestützt, ohne den Kapellmeister anzusehen, wie es seine Gewohnheit war, erst einmal weiter. Tagliazucchi sei, er verrate damit kein Geheimnis, gewiss kein Mann großer Originalität, sein Italienisch entbehre mitunter einer gewissen erwünschten Eleganz, da er sich zu sklavisch an die französische Vorlage halte - was Wunder, hätte Graun fast einwerfen wollen. In den Arien möge das noch gehen, doch bedürften die Rezitative, deren Text unbedingt verständlich sein müsse, um der Klarheit willen noch tüchtiger Überarbeitung. Er selbst habe dies dem Hofdichter mitteilen lassen, und dieser sei aufgefordert, die erwünschten Abänderungen dem Kapellmeister eilig zugehen zu lassen.

Hoffentlich kommt es Tagliazucchi nicht in den Sinn, mich aufzusuchen, dachte Graun, dem der gespreizte Italiener ein Gräuel war. Denn kam der ins Reden, ergoss sich sein nie versiegender Wortschwall über einen wie ein Katarakt stinkenden Spülichts. Entrinnen gab es da nicht. Wie der immer dastand, den Kopf vorgereckt, dass die Nase einem fast ins Gesicht stieß und der forschende Blick die Gedanken gleichsam aus dem Hirn zu lesen suchte, mit maliziösem Lächeln Komplimente machte, wobei er stets auf unbedachte Reaktion seines Gegenübers aus war - es verlangte jedesmal das Äußerste an Beherrschung. Das selbstgefällige Gerede, scheinbar darauf zielend, Verbündete zu machen, erzeugte einem Übelkeit, doch musste man hinhören, ohne grob zu werden und auf der Hut sein. Tagliazucchi wusste viel, kannte jeden und war gefährlich intrigant. Bosheit mochte angehen, die war in diesem Geschäft gang und gäbe, Bösartigkeit auszuweichen überstieg auf die Dauer die Kräfte. Er wollte den Italiener meiden, wo er nur konnte.

Wieder enthob ihn Friedrich der Antwort, welche auch kaum belangvoll ausgefallen wäre, da der Kapellmeister dem Hofdichter keinen Anlass zur Fehde geben wollte, wusste er doch, der König würde ihn vor diesem zum Zeugen anrufen: ‚Graun beklagt sich auch bei mir, dass Ihm zu seinem trockenen Text nichts Vernünftiges einfällt.'

Italienisch, so begann Friedrich eines seiner Lieblingsthemen zu extemporieren, sei nun einmal die Sprache der Musik. Geschmeidigkeit des Satzbaues neben schönem Reichtum an Vokalen prädestinierten es geradezu für wohlklingenden Gesang, und selbst wenn man vom Text wenig oder fast gar nichts verstehe, bereite die Sequenz der Vokale, handhabe man das sprachliche Material nur geschickt - und auch hier zeige Tagliazucchi leider seine eng gezogenen musischen Grenzen -, dem geübten Ohre jene Art ästhetischen Vergnügens, die das Französische noch am ehesten zu erreichen suche, das Englische hingegen keinem wahrhaft gebildeten Manne vermitteln könne. Vom Deutschen wolle er hier nicht reden, da stehe es noch viel schlimmer. Dabei fehlte auch die Geschichte von der Sprache nicht, die wohl die Schlange weiland im

Paradiese gesprochen habe, als sie Eva, die Mutter des Menschengeschlechtes, vom rechten Wege abbringen wollte: Sie sprach Englisch, habe ein Gelehrter befunden, denn die Schlange zischt.

Kurzes, trockenes Lachen über den eigenen Scherz. Nun war Friedrich, wie Graun mit Erleichterung feststellte, beim rechten Gegenstand; in diesem Fahrwasser mochte er bleiben, hier war er selbst nur als Zuhörer erwünscht, vor welchem der König seine Überlegungen ausbreiten wollte. Der Accent tuduesque, wie er die deutsche Sprache gern zu nennen pflegte, wozu tauge er denn im jetzigen Zustande? Wohl doch nur zum Abwickeln merkantiler Transaktionen, wo es auf sprachlichen Ausdruck nur mittelbar, allenfalls im Hinblick auf - und selbst hier mangele es beträchtlich - Genauigkeit der Äußerung ankomme, wo sich eine in der Kunst nicht gewollte Eindeutigkeit durch Konsens herstellen lasse. Eine Sprache, wie sie ohne Zweifel den primitiven Denk- und Entäußerungsbedürfnissen des gemeinen Mannes oder des Soldaten wohl genüge, welche aber bis zum heutigen Tage in keinem Punkte in der Lage sei, als Mittel zu dienen, komplizierte philosophische Ideen konzis, ohne widerwärtige Weitschweifigkeit zu entäußern oder gar durch sich selbst als gestaltendes Moment eines Kunstwerkes zu wirken, solange sie so ungehobelt daherkomme.

Es gelte, die Sprache mit Wohllaut und Anmut zu schmücken. *Geben, sagen, nehmen* - was für hässliche kurze Endsilben; wäre es da nicht viel besser, man sagte *gebena, sagena, nehmena*? Wenn auch zu befürchten sei, dies werde sich im indolenten Volke nicht festsetzen, so werde doch fleißiges Studium der klassischen Sprachen, die genaue Kenntnis der Schriften der antiken Dichter und Philosophen, der Klang und die Schönheit des Griechischen und Lateinischen, so hoffe er zuversichtlich, nicht ohne günstigen Einfluss auf das Deutsche bleiben. Adel des Stils und Erlesenheit des Entwurfs - wer wolle das bezweifeln - könne man bei Livius, Sallust und Tacitus lernen. Die Gewalt der Redekunst erschließe sich bei gründlicher Beschäftigung mit Demosthenes und Cicero, Klarheit und Geschliffenheit des Ausdrucks bei Marc Aurel und Cäsar, und Sprache als Mittel hoher Geistigkeit offenbare sich in einzigartiger Weise bei Homer und Virgil.

Doch sollten auch die modernen französischen Philosophen nicht vergessen sein: Montesquieu und Diderot etwa, deren Wert das Abendland erst noch zu würdigen lernen müsse. Wer dazu Sinn für höchst artifizielle sprachliche Manipulation erwerben wolle, komme an Voltaire nicht vorbei, wie weit auch - langer Blick aus den großen grauen Augen in Richtung seines Komponisten - dessen kleinliche Person hinter seinem Werke ärgerlich zurückstehe. Die für Bildung geeignete Jugend des Landes sei an all diesem tüchtig zu schulen, dann würden mit der Zeit Philosophen und Literaten in Preußen hervorsprießen, welche schließlich der noch rudimentären Sprache Schwung, Eleganz und Präzision eingeben könnten.

Friedrich war aufgesprungen und lief gestikulierend im Raum herum, seinen Worten durch emphatische Bewegung gleichsam Nachdruck verleihend. Mit Verwunderung registrierte Graun, wie der König sich geradezu augenblicklich verjüngte, sein Gesicht jenen leidenschaftlichen, schwärmerischen Ausdruck annahm, der Überzeugungswillen spiegelte, Gefolgschaft erheischte, Einblick in ein durchaus empfindsames, leicht verletzliches Gemüt gewährte, doch aufrichtig und redlich wirkte wie in den glücklichen Tagen von Rheinsberg.

Doch wie sei es um die deutsche Literatur heute bestellt, redete der König sich in Rage. Wo gebe es hierzulande denn Erwähnenswertes? Auf dem Theater machten sich in deutscher Übersetzung die abscheulichen Stücke des Engländers Shakespeare breit, welcher die formgebenden aristotelischen Regeln der Einheit von Zeit, Ort und Handlung missachte, Hohes und Niederes in einen Topf werfe, um seinen ekelhaften Sudeltrank zu brauen. Was könne der Mensch davon lernen, wenn nicht die plumpe, ungereimte Denkweise des kleinen Mannes? Als sei es das Ideal der Kunst, die niederen Instinkte vorzuführen, das jämmerliche Gefasel verwirrter Narren. Wem nütze es, erscheine die Welt als unergründliches Dunkel, in dem der Mensch, ausgestattet mit nichts als seinem kläglichen Verstande, blind herumtappe, preisgegeben einem willkürlich waltenden Schicksal?

Bei dem bekanntermaßen trostlos erbärmlichen Zustande des Menschengeschlechtes könne man sicher sein, dass dies nun überall Schule machen werde, setze man ihm nichts Ordentliches entgegen. Schon sehe er mit Abscheu eine Flut elender Nachahmungen dieser nichtswürdigen Piecen das Land überschwemmen. Scheußliche, abgeschmackte Plattheiten machten ja stets beim gemeinen Manne schnell die Runde, zöge dieser doch zumeist das, was zu seinen Augen spreche, dem vor, was zum Geiste rede, die bloße Schaustellung dem, was zu Herzen gehe. Allerdings - nun wieder beherrschter -, die Oper betreffe dies eigentlich nicht, verweigere sie sich doch ihrem sehr künstlichen Wesen nach der primitiven, vordergründigen Sicht auf die Welt und könne so den Uneingeweihten nicht verführen, sie als plattes Konterfei seiner Existenz zu mißdeuten. Den Wohllaut der Musik mit der Sprache vereinend, reflektiere sie das Leben mit jener höheren Distanz, die auf geläuterter Einsicht beruhe und allein zu der als wesentlich anzustrebenden Haltung führe, welche sich die Welt in ihrem schönsten, dem geistigen Sinne nämlich unterwerfe.

Dies sei der eigentliche Grund, weshalb es ihn zur Musik und besonders zur großen Oper ziehe, in welcher er, einem ästhetischen Mikrokosmos gleich, die Synthese von Dichtung, Musik und bildender Kunst erblicke. Erhebung der Seele und Bereitschaft zur Läuterung könnten durch diese Einsicht auf das Trefflichste zuwege gebracht werden.

Dem war zuzustimmen. Graun, der den König bei diesem Credo nicht aus den Augen gelassen hatte, wurde widerstrebend klar, dass er ihm bewundernd zuhörte. Friedrichs Wortgewalt, die Fähigkeit, geschliffen und präzise zu formulieren, die schnelle Auffassungsgabe, die ihn sofort auf den Kern einer Sache kommen ließ, machten andere leicht stumm. Da er zudem schlagfertig war, auch durch seine einzigartige Stellung um vorsichtige Redeweise nicht bemüht sein mußte, erschien er jederzeit als der Sieger, eine Sache, die für Graun stets Gegenstand ärgerlicher Bewunderung war. Nicht, daß er dies dem König neidete. Nur verlieh es einem das Gefühl, man sei ausgesetzt und hilflos, ein dürftiger Schüler vor seinem unerbittlich dominierenden Lehrer. Solche Empfindung hilfloser

Unterlegenheit war es, die zu Unterwerfung und Anbetung verlockte, doch auch zu trotzigem und gewiss sinnlosem Widerspruch herausforderte, zur Überprüfung der eigenen Haltung zwang und das, was man sich als die eigene Existenz begründende Maxime im Laufe einiger Jahrzehnte zurechtgelegt hatte, mitunter in recht zwiespältigem Lichte erscheinen ließ.

Half es da viel, wenn er sich immer wieder versicherte, die apodiktische Eloquenz des Königs lasse vieles außer Acht, mache sich die Welt nach ihrem Bilde und lege die Vermutung nahe, er entbehre, selbstgerecht wie er war, der Fähigkeit, sich in die Befindlichkeiten anderer zu versetzen? Mochte die verführerische Faszination, die von ihm ausging, nicht das Ergebnis geschickten Kalküls und langer Übung sein? Waren derlei Gedanken vielleicht notwendige Reaktionen der Abwehr, um von dem Manne nicht gleichsam im Sturme hinweggerissen zu werden, der Versuch, das eigene Selbstgefühl irgendwie zu behaupten? Oder war es nichts weiter als Bekrittelung eines gewiss nicht unfehlbaren, etwas zu forsch und selbstsicher sich vor seinen Untertanen gebenden Monarchen? Wahrscheinlich beides, tröstete er sich, wieder das leicht vorwurfsvolle Gesicht seiner Frau vor Augen: ,Du solltest mehr aus dir machen, Carl Heinrich. Du bist doch wer! Das bist du uns allen schuldig. Die Leute denken am Ende gar, wir sind nicht in Gnade.'

Ein Lakai war plötzlich da, ein silbernes Tablett in den Händen, auf dem eine Karaffe mit einer dunklen Flüssigkeit und zwei nicht sehr große Kristallgläser standen. Friedrich goss selber ein und hielt Graun, der einen Augenblick zu lange zögerte, das volle Glas mit ausgestrecktem Arm entgegen: „Nun, nehme Er schon. Ziere Er sich nicht. Spare Er Worte. Probiere Er." Alles knappe Befehle. „Lasse Er das Zeremonielle." Dies gut gelaunt, nicht jovial, von freundlich spöttischem Blick begleitet. „Und dass Er sich das Urteil überlegt. Wenn der nicht nach seinem Gusto ist, soll Er bis an sein Lebensende Wasser saufen. Was wartet Er denn noch?"

Graun nippte vorsichtig. Die Späße des Herrschers waren mitunter undurchsichtig. Der starke Wein hatte einen vorzüglich aromatischen Geschmack, den er als wohltuend empfand. Er blickte auf und nickte anerkennend. „Superb, was? Das trinkt Er nur bei mir. Lass Er das Glas nicht voll."

Während Graun noch einen nächsten kleinen Schluck nahm, überlegte er, auf welche Weise er es anstellen könne, weiteren alkoholischen Verabreichungen aus dem Wege zu gehen. Er war durchaus kein Feind anregenden geistigen Getränks, übertrieb es mitunter zum Verdrusse seiner Frau sogar ein wenig; jetzt allerdings galt es, klaren Kopf zu behalten. Der Magen war leer, er selbst marode, jeden Moment mochte der widerwärtige Zahn abermals revoltieren. Dies und der starke Muskat konnten schon bald unausdenkliche Folgen zeitigen. Hier die Contenance zu verlieren - entsetzlicher Gedanke.

„Er wird doch nicht auf einem Bein stehen bleiben wollen", nahm ihm Friedrich die Entscheidung ab, indem er selbst nachgoss. "Das ist Arznei gegen alles, was malade macht. Verdünnt das Blut, bringt die Lebenssäfte in freundliche Wallung und erheitert das Gemüt." Das Bier vertrage er nicht mehr so recht: Das wolle immer gleich wieder raus, erkälte den Magen und mache das Gedärm rebellisch. Man habe ja schließlich Besseres zu tun, als den ganzen Tag zu pissen.

Graun, der beim zweiten Glas wahrnahm, wie eine wohltuende Wärme sich im Leib ausbreitete und ihn in einen beinahe euphorischen Zustand versetzte, konnte ein Lachen nicht unterdrücken. Friedrich sah ihn belustigt an: „Na, sieht Er, der Geist taut schon auf. Warte Er nur ab, bald wird Er singen wollen." Ob er Majestät nun die Tezeuco-Arie aus dem ersten Akt vortragen solle, reagierte er auf die vermeintliche Anspielung. „Nein, lasse Er noch. Sage Er lieber, wie Er instrumentieren will."

Der Kapellmeister, froh, dass die Erörterung sachlicher Dinge wieder ins Spiel kam, begann eifrig zu erklären: Er schlage vor, der Gewichtigkeit des Gegenstandes angemessen, die ganze Berliner Hofkapelle einzubeziehen, man habe ja in den letzten zehn Jahren ein recht umfängliches Orchester aufbauen können, welches auf dem Kontinent schon seinesgleichen suche. In den Streichern sei man mit zwölf Violinen, drei Bratschen, fünf Celli und zwei Kontrabässen annehmbar besetzt, hinzu kämen noch fünf Flötisten, vier Oboisten, vier Fagottisten, zwei Hornisten und einige Militärtrompeter. Dies zusammen mit den beiden Cembali, die er als Generalbass und für die Begleitung der Rezitative vorsehe, mache es ihm leicht, den Klang zu variieren und eine den musikalischen Kenner anrührende, abwechslungsreiche Partitur zu schreiben, die auch den exzellenten Solisten, wenn er sich hier erlauben dürfe, von seinem Bruder Johann Gottlieb, welcher als Konzertmeister wohl zu Recht eine Stütze des Orchesters genannt werden könne, oder dem geschätzten Cembalisten Carl Philipp Emanuel Bach zu reden, manche schöne Gelegenheit geben werde, ihr Können zur Freude von Majestät und des empfindsamen musikalischen Publikums im hellsten Licht erstrahlen zu lassen.

Das hatte er geschickt angebracht, freute er sich. Denn der Name des Bruders sollte nicht unerwähnt bleiben, wenn der König sich schon nicht nach ihm zu erkundigen geruhte. Er konnte Johann Gottlieb dann guten Gewissens sagen, man sei auch auf ihn zu sprechen gekommen; diesem würde das viel bedeuten.

Bach in Erinnerung zu bringen, schien Graun, da die Gelegenheit es eigentlich zwanglos ergeben hatte, eine Sache der Billigkeit. Saß der doch seit geschlagenen fünfzehn Jahren immer noch auf einem Jahressalär von dreihundert Talern, einer seiner Bedeutung als Cembalist und schließlich auch Komponist - mochte man zu ihm stehen wie man wollte - völlig unangemessenen Summe, die Graun, welcher den künstlerischen Rang des berühmten Bachsohnes wohl kannte und trotz aller Unterschiedlichkeit der musikalischen Auffassung und der Charaktere auch anerkannte, in ständiger Verlegenheit diesem gegenüber hielt. Er selbst - jeder wusste das - bekam wie auch sein Bruder Johann Gottlieb das ansehnliche Gehalt von jährlich zwölfhundert Talern, der stets protegierte Quantz sogar stattliche zweitausend. Doch dreihundert, davon konnte man nicht einmal Dienstboten halten; hätte der Bach nicht Einkünfte aus privater Hand, die ihm ein standesgemäßes Auskommen ermöglichten, er wäre übel dran.

Friedrich hatte die Erwähnung gewiß richtig gedeutet. Das leutselige Lächeln war für einen winzigen Augenblick mürrischer Verdrossenheit gewichen, doch wollte er sich offenbar nicht ungnädig zeigen und erkundigte sich in beiläufigem Ton, was denn der Bach so triebe. Der sei stets zum Räsonieren aufgelegt, wo es ihm doch gut gehe, und werde nicht müde, seine Kanzlei mit Supplikationen zu bombardieren, bald Geld fordernd, bald um seine Entlassung einkommend. „Ich aber als sein Herr werde ihm geben, wenn ich will, dass ihm gegeben werden soll. Hört mir der Querulant nicht auf, mich zu molestieren, will ich schon wissen, wie ich ihn zur Räson bringe. Das soll er sich hinter die Ohren schreiben und alle anderen Räsoneure auch." Dies mit scheinbarer Wut, gleichsam als letztes Wort.

Merkwürdig, die Beklemmung war gewichen. Graun hatte, während der König Entrüstung spielte, ein undurchdringliches Gesicht bewahrt, obwohl ihn die arrogante Selbstherrlichkeit, mit welcher der Souverän urteilte, alles andere als freute. Wer, wenn nicht er, hatte denn die Querelen mit dem Bach? Der war von Natur cholerisch und seiner Rabulistik war schwer zu begegnen. Doch selbst, wenn er nichts sagte und einen aus seinen schwarzen Augen angrinste, glaubte man, herablassende Geringschätzung darin zu lesen. Nein, er hätte wirklich nicht behaupten können, dass er den Bach mochte. Dessen nicht geringes Selbstgefühl hatte ihn beispielsweise Bemerkungen über das Musikverständnis seines Dienstherren und dessen Dilettieren auf der Flöte, wie man es doch letztlich nur nennen konnte, nicht unterdrücken lassen. Dass solches dem König zu Ohren kommen musste, wo es geradeheraus und jegliche Vorsicht missachtend ausgesprochen wurde, stand außer Frage, und dieser vergaß einem einmal erfahrene Kränkung nie. Doch dies war es nicht allein.

Friedrich, an dessen Hof die italienische Oper den Ton angab, machte keinen Hehl daraus, dass er die Musik seines Cembalisten nicht sonderlich goutierte, zumal der sich durch formale Ungewöhnlichkeit, welche man durchaus als Kühnheit apostrophieren konnte, mitunter weit über die durch den Geschmack des Königs gezogenen Grenzen hinauswagte. Bachs, wie dieser es nannte, *freie Fantasien* waren ihm prinzipiell suspekt, schienen sie doch ganz unverhüllt der Formlosigkeit der Musik, dem gänzlich ungezügelten Ausdruck der blinden menschlichen Leidenschaften das Wort zu reden.

Was der Bach tue, sagte der König unvermittelt, indem er den Blick von Graun nahm, liefe, bedenke man es nur recht, letztlich auf reine degoutante anarchische Zügellosigkeit hinaus, auf das bedenkenlose Aufputschen von Affekten, welche nicht, wie der es vielleicht meine, den innerlichen Wohlstand des Gemütes beförderten, sondern, alles andere als das, ungeläuterte, dumpfe Gefühle Katarakten gleich an die Oberfläche schleuderten, Geistigkeit nicht etwa animierten, sondern vielmehr - leichter Schlag mit der Hand auf die Sessellehne - im gurgelnden Schlamm unkontrollierter Emotion erstickten. Wo es doch der Erziehung des Menschen darum zu tun sein müsse, der Passion durch Bildung des Geistes ihren gebändigten Platz zuzuweisen. Denn unmittelbaren moralischen Effekt schließe Musik aus, doch trage sie wohl dazu bei, vorausgesetzt sie sei transparent und heiter, den empfindsamen Menschen zu distanzieren, das Rohe einzudämmen, indem das ihr innewohnende ordnende Prinzip ihm den Sinn für seine Stellung in der Welt schärfe und ihn die höhere Bedeutung seiner Existenz ahnen lasse.

Besonders evident werde das dort, wo ihr eine ganz spezifische Funktion beigemessen sei. Er müsse sich ja nicht auslassen über ihre unmittelbare geistliche Form, welche der Kirchengemeinde so recht die Empfindung der Einigkeit unter Gott sinnfällig mache. Doch auch in der militärischen Disziplin sei die einende Kraft der Musik ganz und gar nicht von der Hand zu weisen, beflügele sie den Soldaten, den gemeinen Mann wie den Offizier, indem sie sein Dasein als Teil eines höheren Ganzen seinem unbewussten Geiste einprägsam suggeriere, dadurch ihm gar die elementare Furcht vor dem Tode zurückdränge und ihn zu Heldentaten inspiriere, welche er ohne sie nie und nimmer zustande gebracht hätte. Er müsse sich da nicht über den Gesang im Feuerofen, von dem die Bibel berichte, verbreiten.

Dies mochte sein, wie es wollte. Graun hatte viel darüber nachgedacht, ohne zu gültigem Schlusse zu kommen. Um noch ein wenig Zeit zum Überlegen zu gewinnen, trank er langsam das Glas aus. Wieder war der Lakai da, der mit geübter Bewegung, doch ohne übertriebenes Zeremoniell einschenkte, während Friedrich schweigend auf eines der schönen, hohen

Gemälde blickte, welche den Wänden des Saales gleichsam Transparenz zu verleihen schienen und gemeinsam mit den herrlichen, bis an die Decke reichenden venezianischen Spiegeln das Gefühl heiterer, beschwingter Weitläufigkeit vermittelten. „Sehe Er, Graun", sagte Friedrich, wobei er, den Oberkörper leicht zurückgelehnt, auf eines der Bilder wies, „kann Er sich vorstellen, dass die Aphrodite Pygmalions Marmorgestalt zu einem Mädchen aus Fleisch und Blut hätte erwecken können, ohne die Musik? Die Kunst ist es erst, die den Menschen macht."

Graun konnte sich auf zustimmendes Nicken beschränken. Was halfen auch Worte. Je älter er wurde, desto fragwürdiger erschien ihm das ganze Gerede über Musik. Er machte sie und konnte auf Verlangen Auskunft geben, wie er sie konstruierte, wusste auch, wie vorhandene Ressourcen wirkungsvoll zur Geltung gebracht werden konnten, doch hütete er sich wohl, über die philosophischen Aspekte musikalischer Erfindung zu spekulieren. Als Vorsteher der königlichen Hofkapelle wollte er in ästhetische Streitigkeiten nicht verwickelt werden. Mit Johann Gottlieb war er da einer Meinung. Mochte der unruhige, redegewandte Bach dies Geschäft in den Berliner Salons betreiben. Bei dem wurde man ohnehin das Gefühl nicht los, er verachte die von einem komponierte Opernmusik als nicht allzu seriöse, für den Gebrauch bei Hofe zusammengeschusterte Banalität - erstarrt in Tradition und liebedienerisch dem Geschmack des Souveräns angepasst. Er würde mit ihm darüber nicht streiten, aber auch keine andere Musik machen. Dennoch konnte er vielleicht die Gunst der Stunde nutzen und für den zwar ungeliebten, aber doch sehr zu Unrecht niedrig gehaltenen Kollegen eine Sappe vorantreiben.

Wenn Majestät allergnädigst geruhten, wolle er doch noch einmal auf den Bach zurückkommen. Es nehme sich vielleicht - kurzes Suchen nach dem am wenigsten anstößigen Wort - nicht eben günstig aus, dies sage er als Kapellmeister, wenn der erste Cembalist zweihundert Taler weniger Gehalt erhielte als Nichelmann, der zweite, welcher mit fünfhundert eingestellt worden sei. Da ihn Friedrich forschend ansah: „Manche halten ihn für einen Märtyrer der Kunst."

Friedrichs Gesicht verschloß sich augenblicklich: „Was Märtyrer! Ein erpresserischer Notenschmierer, der mir mit unverschämten Forderungen kommt. Gäbe ich den Launen jeder Kanaille nach, machte uns Chaos und Rebellion bald den Garaus. Ich gebe, wann ich will, basta!" Er griff wütend nach einer der schön verzierten Tabakdosen und nahm eine Prise. Graun fragte sich etwas beklommen, ob er nicht vielleicht zu weit gegangen sei, doch der König, sichtlich in Laune, das Gespräch fortzusetzen, forderte ihn mit einer Handbewegung auf, sich noch ein Glas einschenken zu lassen.

Die schon etwas kraftlose mittägliche Oktobersonne drang durch die nach Süden hinunter auf den Park blickenden hohen Fenster und brach sich auf dem Gold der Verzierungen an Wänden und Decke, wodurch diese sich gleichsam leuchtend belebten und gemeinsam mit den Braun- und Gelbtönen des schachbrettartig gemusterten Parketts und dem dunklen Rot des Mobiliars dem Raum ein zauberhaftes Flair verliehen, Kunst und Natur in idealer Weise vereinigten, den Betrachter aus der Trivialität des Alltags weit entrückten, dessen bunte Zufälligkeit von hier aus belanglos und, was sie vielleicht auch war, klein erschien und wohl auch erscheinen sollte. Die Uhr auf dem Kaminsims mit dem reich verzierten Rokokogehäuse, eine Arbeit des jetzt in Mode gekommenen französischen Meisters Boulle, hatte vor einiger Zeit schon zwölf geschlagen; es würde höchstens noch eine halbe Stunde dauern, dann war alles überstanden. So lange ließ ihn der Zahn hoffentlich in Ruhe. Er begann vorsichtig, ihn mit der Zunge zu explorieren, in der vagen Hoffnung, er habe sich ein für alle Mal beruhigt.

Der König hob, den Kopf zum Fenster gewandt, so dass Graun Muße hatte, sein Profil zu beobachten, das Glas ins Sonnenlicht und begann, gleichsam zu sich selbst zu reden: Der preußische Staat, welcher erst seit wenigen Jahrzehnten bestehe, eigentlich erst begonnen habe zu existieren, als sein Großvater Friedrich I. den Thron bestieg, bedürfe der inneren Festigkeit sehr, wolle er die geringste Aussicht auf Dauer haben. Was sei er denn im Vergleich zu den alten, etablierten Mächten Frankreich, Österreich oder selbst England? Besitze er denn Leben spendende Tradition? Toleranz in allen Ehren, doch zur

Ausbildung eines festen Staatsgefüges bedürfe es der Identifikation eines jeden Bürgers mit seinem Lande. Dies allein verleihe den Untertanen jenes unbedingte Gefühl für moralische Handlungen, die nicht nur auf materielle Kompensation hofften. Nur wenn dies der Fall sei, könne ein Staat florieren, gehe er seines Rechtes auf Existenz nicht verlustig. Beim gemeinen Manne sei diese Haltung noch am ehesten zu erzielen, genüge doch fürs erste leidliche Behausung, Essen und Trinken sowie das Vorhandensein von großen Männern, toten oder lebendigen, zu denen er sich bekennen könne. Allein aus diesem Grunde sei der Monarch, letztlich ein Handlanger Gottes, unentbehrlich. Die schon lange existierenden Großmächte mochten manches gehen lassen, ohne Gefahr zu laufen, jeden Augenblick zu Tode erschüttert zu werden. Dieses Preußen hingegen sei ohne die einigende, freudig gewollte Disziplin, Rechtschaffenheit und das Bekenntnis seiner Bürger zu ihm verloren. Nur solches erzeuge Zusammenhalt und bewirke jenen Fleiß, der das Land schließlich erblühen lasse, seien dessen Kinder nur bereit, nötige Entbehrungen auf sich zu nehmen.

Selbst die schlesischen Kriege hätten in mancher Hinsicht mehr zum erwünschten Aufschwung der nationalen Identifikation beigetragen als jegliche Indoktrination, käme sie von der Kanzel, der Schule oder anderer Obrigkeit. Der gemeinsame Wunsch zu siegen, die Aufforderung, für eine Sache von Gedeih oder Verderb das Leben hinzugeben, sei eines der stärksten Bande, das man sich vorstellen könne. Auch müssten Disziplin, Moral und vor allem Treue zu seinem Vaterlande immer aufs Neue in jedem Untertanen entfacht und von diesem durch Taten demonstriert werden. Letzteres missachtet zu haben, müsse dem Montezuma, so wie er das sehe, vorgeworfen werden, welcher sich blindlings auf die Liebe seiner Untertanen verlassen habe, ohne Beweise dafür zu verlangen. Auch das Heer, das Unterpfand für die äußere und innere Sicherheit jeglichen Staatswesens, sei durch seine Schuld vernachlässigt worden; unbegründet auf die eigene Stärke vertrauend, habe er gemeint, mit der Handvoll Krieger des Spaniers Cortez mühelos fertig zu werden. Weit gefehlt!

Doch was schwerer wiege, sei die Leichtfertigkeit, mit welcher der Montezuma offenbar die Förderung des geistigen Lebens versäumt habe. Welch schrecklicher Rückständigkeit habe der damit Vorschub geleistet! Seine Götzendiener hatten vor den weißen Eindringlingen wie vor Göttern, gelähmt von abergläubischer Furcht, in hellen Scharen Fersengeld gegeben. Das Land selbst, mit seinen Nachbarn in Zwist und Hader und auch durch innere Fehden traurig zerrissen, sei in desolater Verfassung gewesen. Wissenschaft und Geist auf einem Stande, welcher den Usurpatoren außer dem moralischen Recht, das unbestreitbar auf Seiten der Mexikaner war, nichts entgegenzustellen hatte. Dies sei der wahre Grund für den Untergang des einst so mächtigen Aztekenreiches. Kraftlose Güte verurteile sich selbst zum Tode.

Es sei nun einmal so: Wolle ein König den Bestand seines Landes sichern, wozu er der Sache nach verpflichtet sei, so müsse er bei dem gegenwärtigen Zustande der menschlichen Natur ein starkes Heer unterhalten, um dem Feinde zu widerstehen und im Notfall präventiv zu kommen, dabei Acht haben, dass der Geist seiner Untertanen willig bleibe, und die Soldaten gut bezahlen. Menschenliebe auszuüben, ohne Macht zu besitzen, sei der Gipfel sorgloser Torheit und ein Verbrechen dazu, da es den Bestand eines Volkes unterminiere. Dies wolle er mit dem *Montezuma* exemplifizieren. Der Souverän müsse kraft der ihm verliehenen Gewalt und Würde, sollte es Not tun, für seine Untertanen auch gegen ihren Willen mit Geschick schalten und walten, denn diese vermöchten bei der ihnen zwangsläufig fehlenden höheren Einsicht meist nicht zu wissen, was ihnen im eigentlichen Sinne fromme. Einprägsame Lieder, Choräle, Märsche, leicht auswendig zu lernen und nachzusingen, für den gemeinen Mann, edle, in der Form vollendete Werke für den wirklichen Kenner. Letzteres erhoffe er sich von diesem *Montezuma*, den er in zwei Jahren zum Karneval unter Grauns Leitung an seiner Berliner Oper vorzustellen gedenke.

Nun aber wolle er es sich trotz der vorgeschrittenen Zeit nicht versagen, eine Probe der Graunschen Komposition zu hören. Dieser erhob sich sogleich und ging vorsichtig die kurze Strecke zum Spinett, der Kopf schien unnatürlich schwer und das

Gesicht brannte. Mit etwas schleppender Stimme gab er kurze Erklärungen zur Tonart, zu den Verzierungen und der wahrscheinlichen Instrumentation, präludierte dann die einleitenden Orchestertakte und begann leise, seine immer noch schöne Stimme schonend, aus dem ersten Akt die reich ausgezierte, den Herrscher preisende Tenorarie des Vertrauten des Montezuma zu singen: „Es ist der gute Herrscher, von seinem Volk geliebt, gleich einem Gott des Himmels. Den treuen Untertanen schenkt er seine Gaben und lehrt sie seine Güte. Also, o Herr, stehst du vor uns in deiner schönen Gnade." Dabei erläuterte er, wieder ganz in seinem Element, den vorgesehenen Einsatz der begleitenden Instrumente und die erforderliche Phrasierung.

Friedrich begnügte sich zuzuhören, ohne den Kapellmeister zu unterbrechen, applaudierte voller Huld, als dieser geendet hatte, und meinte, immer noch beifällig nickend, das Stück könne wohl gefallen, wobei er besonders den sehr artifiziellen Charakter der Dakapoarie lobte, welche ihm im besten Sinne - hier legte er Graun impulsiv die Hand auf die Schulter - in der Tradition der italienischen Oper stehe. Denn nicht plumpe Imitation trügerischer Äußerlichkeit mache den Wert des musikalischen Werkes, sondern vielmehr dessen entrückte, sublime Repräsentation der menschlichen Natur - worauf übrigens auch in den anderen Nummern der Oper unbedingt zu achten sei.

Ließe man es bei dem allein abbildenden Kopieren der nicht durch hohen Formsinn geläuterten Natur, könne das Produkt nur dem Zufälligen und Chaotischen das Wort reden und, setze sich solche Haltung durch, die entsetzlichsten Folgen bei den oberflächlichen, leicht verführbaren Menschen zeitigen. Wohin anders habe denn der Shakespeare den gemeinen Mann mit seinen wirren plebejischen Dramen getrieben als in den Aufruhr gegen die Herrschaft eines von Gott eingesetzten Monarchen. Habe man in England nicht gar gewagt, die Majestät vor ein Tribunal zu stellen und den legitimen König Karl I. öffentlich dem Scharfrichter zu überantworten? Zwar sei das sinnlose Durcheinander nicht von Dauer gewesen, das Königtum bald restauriert worden, doch sei die Lehre eindeutig: Der Pöbel müsse an die Kandare genommen werden. Ließe man ihn gewähren, wäre es nicht allein um die Kunst geschehen, das allgemeine Chaos stünde unweigerlich am Ende. Denn Administration setze Bildung voraus, ohne sie sei den Staat lenkende Weisheit nicht denkbar, es bedürfe des Herrschers als letzter Instanz zur Regelung naturgemäß vorhandenen Widerstreits, der Autorität, welche das Machtwort spreche, stark und durch höhere Gewalt in Entschlüssen und Taten legitimiert.

Der Ruf nach Natur und Gleichheit der Menschen sei eine leichtfertige, gefährliche Illusion. Ein Koch könne einen Staat nicht lenken, ihm präsentiere sich die Welt als Suppentopf. Ein Musiker, musste Graun unwillkürlich denken, wohl auch nicht, erscheine dem doch die Welt mitunter als widerwärtiger Wirrwarr misstönender Dissonanzen, erzeugt von hoffärtigen Potentaten, die dafür noch den Anspruch erhoben, bejubelt zu werden. Graun war kein Mann der Politik, mochten dies Geschäft andere besorgen - er jedenfalls hatte beschlossen, bei dem zu bleiben, was er verstand. Die paar Jahre, welche er vielleicht noch zu leben hatte, sollten der eigenen Sache gewidmet sein; die reißenden Schmerzen, die jeden Augenblick wiederkehren konnten, waren Menetekel genug.

Friedrich hatte sich erhoben und war zu seinem Kapellmeister getreten. „Mache Er nur so weiter, Graun, und gebe Er Achtung auf das Artifizielle, dann ist Er mir ein wahrer Verbündeter!" Dies als abschließende Sätze, gnädige Schlusswendung des Souveräns an seinen Untertanen.

Der Kapellmeister stehe, fuhr der König fort, wie er sich soeben überzeugt habe, im Zenit seines Könnens. Er erwarte sich deshalb nichts weniger als ein Meisterwerk von der neuen Oper. Es gelte nur, sozusagen in Eilmärschen mit ihr vorzurücken. Sollten ihn dienstliche Obliegenheiten, kleinlicher Ärger in der Kapelle über Gebühr in Anspruch nehmen, so möge er sich nur nicht genieren; er wolle ihm schon, wenn nötig, an die Seite treten. Der Kapellmeister müsse jetzt den Sinn allein auf das Komponieren richten, mit den Kapriolenmachern wolle man - abschätzige Handbewegung - schon fertig zu werden wissen.

Unvermittelt die Frage, woran er denn sonst noch arbeite. Sicherlich nicht nur übliche Floskel der Höflichkeit, fuhr es Graun durch den Sinn; dies hieß wohl noch einmal, man wünsche, dass in der Tat die ganze Kraft auf die Oper konzentriert werde. Es sei ein Oratorium, antwortete er zögernd, *Der Tod Jesu*, welches sich in manchem mit dem *Montezuma* berühre; wechselseitige Anregung sei für ihn - entschuldigend hinzugefügt - stets stimulierend gewesen. „Der Tod", hörte er Friedrich sagen, „warum nicht das Leben? Macht Er schon seinen Frieden mit der Welt? Denkt Er, sich ein warmes Plätzchen im Himmel zu erhandeln? Er ist doch noch kein alter Mann!"

„Das Leben wird kürzer, Majestät", antwortete Graun beinahe lächelnd, „und die Kontemplation über den Tod bannt dessen Macht." Leichter Unterton von Ungeduld bei Friedrich: „Er ist ein Hypochonder wie alle Künstler. Vergesse Er darüber den *Montezuma* nicht. Mache Er es wie der Feldherr in der Schlacht. Konzentriere Er alle Bataillons auf den Feind und suche Er schnelle Entscheidung. Fackele Er nicht lange. Ich will Ihn bald wieder zum Rapport bestellen. Und dass Er mir gesund bleibt!"

Wieder war, während Graun sich verbeugte, ein Lakai zur Stelle. Noch ein huldvoller Blick aus kühlen grauen Augen, dann wandte Friedrich sich um und Graun schritt, dem Bediensteten nach, durch eine Tür in der Wandverkleidung hinaus.

Erst in der Geborgenheit der Kutsche fühlte er sich besser. Wilhelms Frage, ob er ihn in Potsdam noch irgendwohin fahren solle, schnitt er mit einem hastigen Nein ab. Nur auf dem schnellsten Wege nach Hause, das war alles, was er jetzt wollte. Graun hatte, als er sich in einem Seitenflügel des Schlosses eine Bouillon servieren ließ - mehr traute er seinem rebellischen Magen nicht zu -, einen Augenblick überlegt, ob er in der Residenzstadt einen guten Arzt konsultieren sollte. Da jedoch der Schmerz erträglich geworden war, schob er die bereits als sicher befürchtete Extraktion weit von sich; vielleicht, meditierte er in der begreiflichen Hoffnung aller Kranken, die sich ein wenig besser fühlen, war es nur eine vorübergehende Irritation und die unangenehme Operation nicht vonnöten; wer wusste denn überhaupt, wie diese ausgehen würde. In jedem Falle schien es nicht angeraten, voreilig einen Medikus, wie geschickt der auch immer sein mochte, aufzusuchen, um sich hier, fern von dem Zuflucht und Sicherheit gewährenden Zuhause, dem qualvollen Eingriff zu unterziehen und danach die beschwerliche Reise in dem engen, ratternden Wagen zu überstehen. Nein, er würde abwarten. Morgen, wieder in Berlin, wollte er nötigenfalls nach einem bewährten Zahnreißer schicken lassen; Johann Gottlieb hatte neulich von einem wahre Wunderdinge zu berichten gewusst. Der würde sicher zu ihm ins Haus kommen und das Richtige raten.

Er blickte, etwas besser gestimmt, blinzelnd in die Sonne. Es war jetzt früher Nachmittag, noch zwei, drei Stunden, und die Dunkelheit würde hereinbrechen. Dann war man schon ein gutes Stück auf dem Rückweg nach Berlin. Im nächsten Sommer, dachte er, sollte er mit seiner Frau in die schöne Potsdamer Umgebung ziehen. Er liebte die stillen Havelseen im Süden und Westen der Stadt, die schönen, lichten Laubwälder zu beiden Ufern des Flusses und den niedrigen Höhenzug der Ravensberge in der Gegend der Leipziger Poststraße nach Saarmund. Das müsste er mal mit seiner Frau bereden, die brauchte immer einige Zeit, bis sie sich an etwas gewöhnte, zumal wenn es ihr nicht ganz behagte.

Alles in allem war es doch wohl ein recht glücklicher Tag gewesen; der König hatte ihm seine Gunst bezeugt; die reichliche Börse, die ihm der Kammerhusar beim Verlassen des Schlosses in Friedrichs Namen mit beinahe herzlichen Worten ausgehändigt hatte, war nur ein weiteres Zeichen dafür. „Ja, ja, ja, ganz gut!", rief erunvermittelt so laut, dass der Kutscher, einen neuerlichen Anfall befürchtend, sich besorgt auf dem Bock umdrehte. Doch sollte der laute Ausruf nur die Verlegenheit übertönen, die ihn bei der Erinnerung an sein gewiß linkisches Verhalten in Sanssouci zu überkommen drohte. Ihm passierte das in der letzten Zeit bei ähnlicher Gelegenheit immer öfter. 'Du sprichst ja schon wieder mit dir selber, Carl Heinrich', pflegte ihn seine Frau dann zu schelten. 'Welch abscheuliche Manier!' Mit der Zeit, bei ruhigem Bedenken und allmählichem Verblassen der Einzelheiten, würde die eigene Rolle günstiger erscheinen und der jetzt übermächtige Eindruck

Friedrichs auf ein normales Maß zurückgedrängt werden, damit dann sein Bild nicht bei der Arbeit störte und man im Kreise seiner Vertrauten unbefangen über ihn zu reden vermochte.

Unter solcherart Gedanken war man bis an die hölzerne Havelbrücke beim Glienicker Schlosse gelangt, hinter der die Wälder begannen, durch die sich die Straße nach Berlin zog. Hoffentlich fing es nicht an zu regnen. Der Wagen hielt. Er hörte den Kutscher die Frage nach wer, woher, wohin beantworten, sah für einen Moment ein Gesicht das Kutschenfenster verdunkeln, vernahm, wie man gute Reise wünschte, und schon ging es weiter, der Berliner Heimat entgegen, die bei Einbruch der Dunkelheit, hatte man erst Charlottenburg hinter sich, bald erreicht sein würde.

Dem Kutscher befahl Graun, nach Möglichkeit nicht zu säumen, doch auf eventuelle Zeichen Achtung zu geben. Auf das träge nach Westen fließende Wasser der Havel hinabblickend, versuchte er, die Gedanken auf den *Montezuma* zu lenken. Es war noch ein weiter, beschwerlicher Weg, und es würde auch mancher List und Mühe bedürfen, dem König Dinge, welche diesem nicht so sehr angenehm sein mochten, als dessen eigener Intention gemäß zu soufflieren, manches würde auch widerstrebend aufgegeben werden müssen. Doch bliebe er gesund, sollte es wohl geschafft werden. Als es die kleine Anhöhe des ein geringes Stück von der Havel entfernten Schäferberges im leichten Trab hinaufging, schlief er schon eine Weile.

Nachrichten von Undine

Vorwort des Herausgebers

Unsere kleine Sammlung von unterdrückten und bislang unveröffentlichten Briefen E.T.A. Hoffmanns verbindet ein gemeinsamer Gegenstand: seine nach dem Libretto von de la Motte Fouqué verfasste Oper *Undine*. Das Werk wurde am 3. August 1816 im Berliner Schauspielhaus auf dem Gendarmenmarkt mit beachtlichem Erfolg aufgeführt. Doch waren ihm im Ganzen nur vierzehn Aufführungen beschieden: Der Theaterbrand am 29. Juli 1817 setzte dem hoffnungsvollen Unternehmen sein jähes Ende.

Es ist die alte Geschichte von „Hätte" und „Wenn". Bei glücklicheren Umständen hätte sich *Undine* gewiss in der damaligen Zeit ihren Platz im Bewusstsein der Opernfreunde erobern können - nicht auf Dauer vielleicht, denn trotz mancher musikalischer Schönheit ist sie nicht das geworden, was man einen großen Wurf nennen könnte. Nicht mehr bei Mozart, aber nach dessen Transparenz und Prägnanz strebend, auf knappe Formulierung nur allzu sehr bedacht, aber auch noch nicht romantisch im eigentlichen Sinne, in der Nähe Webers etwa, doch den entscheidenden Schritt entfernt, nicht wirklich „volkstümlich", erscheint sie den Kennern stilistisch deutlich als Übergangswerk. Auch an Spontini, den gefeierten Berliner Opernkomponisten der ersten Jahrzehnte des Jahrhunderts, lässt der musikalische Gestus denken - Hoffmann hat den Italiener nicht von ungefähr für bedeutender gehalten als Weber, auch seine Oper *Olympie* ins Deutsche übertragen -, doch findet sich nirgends dessen brisante theatralische Wucht. Man kann nicht umhin, es einzugestehen: Es mangelt Hoffmanns *Undine* an musikalischer Substanz, melodischem Einfall und dramatischem Zugriff, zu unscharf sind die Figuren konturiert, zu kurz die einzelnen Nummern, zu wenig charakteristisch und unmittelbar ist der ganze Eindruck. Freundliche Musik, gefällig anzuhören, doch ohne entschiedenen persönlichen Stil. Gut gearbeitet, vorzüglich instrumentiert, nicht trivial genug für musikalische Unterhaltungskulisse, zu sehr voller Kultur und Geschmack, zu viel von damals auch gängiger Münze. Solche Werke tun sich mit dem Überleben schwer.

Hoffmann aber, wir wissen es, hat sich, Ironie seines Schicksals, vor allem als Musiker gefühlt, auch als ihn der literarische Ruhm schon erreichte.

Unsere Briefe wenden sich an eine Reihe von Zeitgenossen, denen er seit der Jugend freundschaftlich verbunden war, seinen einflussreichen Gönner Hippel, Staatsrat im Hardenbergschen Ministerium, seinen späteren Biographen und langjährigen Freund Hitzig oder an Carl Maria von Weber, mit welchem er in den Berliner Jahren Umgang pflegte, und schließlich auch den genialischen Mimen Ludwig Devrient, wohl jedem als Zechkumpan aus Lutter und Wegners Berliner Weinstube geläufig. Die Bekanntschaft mit Fouqué geht schon auf die Bamberger Zeit zurück, doch sind sich beide menschlich wohl nicht näher gekommen - der exzentrische E.T.A. Hoffmann mit seiner übersprudelnden Phantasie und der im Grunde etwas biedere, behäbige Dichter, der damals im Zenit seines Ruhmes stand.

Bemerkenswert die Briefe an die beiden Frauen. Helmina von Chézy, den Musikfreunden nicht unbekannt als Textdichterin von Webers *Euryanthe* und durch ihr gleichnamiges, gänzlich in Vergessenheit gesunkenes Schauspiel Anregerin der herrlichen Schubertschen *Rosamunde*-Musik, war für unseren Dichter-Komponisten gewiss nur von peripherem Interesse. Am persönlichsten fallen die beiden Briefe an die sehr junge Sopranistin Johanna Eunicke aus, die ja auch Adressatin eines seiner *Briefe aus dem Riesengebirge* ist und die er bis zu seinem Tode, wenige Jahre nach der Uraufführung der *Undine*, nicht aus den Augen verloren hat.

Die Herkunft unserer Briefe ist dunkel. Sie könnten aus dem Nachlass seiner Frau Michalina stammen, welche 1859 im schlesischen Warmbrunn starb, und, wie das so oft geschieht, im Laufe der Zeit von Hand zu Hand gegangen sein. Vielerlei Spekulationen sind hier möglich, Zweifel an der Urheberschaft letztlich nicht von der Hand zu weisen. Sollen die Briefe aber nur deshalb, weil sie mit strittiger Urheberschaft behaftet sind, für immer der Schublade überantwortet bleiben und so der Nachwelt verloren gehen?

Selbstzeugnisse von ähnlich unverhüllter Offenheit hat es mit Sicherheit gegeben, doch hat Hitzig alle vertraulichen Dinge, die seinem Freunde zum Nachteil gereichen mochten, bei der Sichtung des Nachlasses verbrannt, eine im 19. Jahrhundert nicht selten geübte Praxis, wie sie uns besonders lebhaft im Falle Beethovens vor Augen steht, dessen Persönlichkeitsbild von seinem Biographen Schindler zu heroischer Denkmalsstarre simplifiziert wurde. Durfte im Zeitalter des Geniekultes der „Titan" gewöhnliche menschliche Schwächen besitzen?

Unsere Briefe sind Hitzig also wahrscheinlich nicht unter die Augen gekommen, doch muss hier angemerkt sein, dass sie wohl auch niemals abgeschickt wurden, Entwürfe geblieben sind, denn nirgends in dem uns überlieferten Briefwechsel findet sich der geringste Bezug. Spricht das gegen ihre Echtheit? Vielleicht. Dennoch, ob falsch oder echt, Hoffmann nur in den Mund gelegt oder von ihm selbst verfasst – sie sind zweifelsfrei von seinem Geiste und ihre späte Publikation wird dem Bild, welches wir von ihm haben, gewiss nicht schaden. Er hätte sie schreiben können.

An den Freund Hitzig

Lieber Hitzig!

Es läuft mir alles konträr; Du weißt ja selber, was es bedeutet, der Justiz zu dienen. Der Kammergerichtsmoloch spreizt immer aufs Neue die Klauen, um einen an sich zu klammern; gelingt's ihm, ist man stante pede mit Haut und Haar verschlungen. Der Aktenstaub macht mich husten wie einen Schwindsüchtigen. Aber wem sage ich das. Könnte ich doch meine Existenz auf etwas anderes gründen als die Justiz.

Ich mühe mich schon lange in der Musik, habe als Kapellmeister, Du weißt es, mein kümmerliches Brot essen müssen und auf den Bamberger Soireen den Clown gespielt; meine musikalischen Piecen sind viel besser als die von manchen, doch wer will sie denn? Meine Opern haben niemals reüssiert. Wie schwer es doch hält, in der Kunst emporzukommen. Ich stehe vor dem Spiegel meines eigenen Urteils wie ein Narr mit leeren Händen.

Doch genug des Jammers. Ich will es ganz dürr und ohne Umschweife aussprechen: Der Kassensturz meiner Hoffnungen präsentiert einen Haufen uneingelöster Wechsel. Berlin, in welchem ich die törichte Einbildung hatte, Fuß zu fassen, ist mir nicht gnädig gesinnt. Zwar macht die *Undine* viel Freude, und es steht zu erwarten, dass sie in nicht allzu ferner Zeit an die hiesige Oper kommt, doch ist das vielleicht nicht allein mein Verdienst. Wäre nicht der verehrte Baron Fouqué, ein nicht nur hier allseits geschätzter Dichter von Rang, aber, noch wichtiger, als Mann von Stand auch in der höheren Gesellschaft gelitten - kein Lakai wie ich in den Augen mancher hochgeborenen Kanaille -, was könnte ich, ein grotesker Provinz-Don-Quichotte, schon ausrichten? Da zählt doch beileibe nicht, was einer kann: Protektion muss er haben, dann ginge auch die übelste Sudelei; heuchlerische Anbiederung, das möchte hier gelernt sein.

Ich sagte Dir unlängst, wie sehr ich mich um eine Anstellung bei der Oper bemühe. Doch vergebens. Der Intendant Graf Brühl, welcher einige Male mich vorzulassen sich herabließ, leierte mir seine gefälligen Ausflüchte ab: Da seien renommierte, tüchtige Prätendenten für die Kapellmeisterstelle, Leute, auf welche man in Berlin ob ihrer Kompositionen und ihres Hervortretens als Musiker und gelegentliche Dirigenten Rücksicht zu nehmen habe und die man, sosehr man meine einschlägigen Erfahrungen zu würdigen wisse et cetera, et cetera, nicht düpieren könne. Auch seien ihm selbst, so der Graf, die Hände ganz und gar gebunden, die letzte Entscheidung werde ohnehin von allerhöchster Instanz allein getroffen. Er hätte nur noch lügen müssen, er selber habe nicht den geringsten Einfluss, wo man doch weiß, was er dem König einbläst.

Kurzum, es ist jetzt klar: Romberg, der ganz ordentlich auf dem Cello kratzt, aber kaum mehr als anständig Takt schlagen kann und dessen Komposition über die langweilige Imitation größerer Geister nicht hinwegkommt, ist mir vorgezogen. Der nächste Kandidat wird vielleicht ein dressierter Affe aus Borneo. Was also mache ich? Kann denn einer in einem speien, um nicht an der eigenen Galle zu ersticken? Fände ich doch nur in der Justiz ein Amt, welches mir Zeit ließe für die Kunst. So eingespannt wie ein Karrengaul schreibe ich nach der *Undine* keine Oper mehr. Zumal es nichts einbringt.

Lass Dir nun noch etwas Merkwürdiges erzählen, denn ich bin gerade in der rechten Laune. Den anderen Tag suchte mich die hiesige Dichterin Helmina von Chézy auf, ein etwas pompöses Frauenzimmer, welches mit Bravour im Gestrüpp der Literatur herumstrampelt, doch über die dornigen Ranken immer wieder ins Stolpern gerät. Was ihr aber nicht auffällt. Dies Talent allein hätte mir ihre Bekanntschaft gewiss nicht beschert, besäßen wir nicht etwas durchaus Gemeinsames. Einen elenden Widersacher nämlich. Nein, mehr, einen wirklichen Feind. Den ich Dir in Warschau damals öfters erwähnte. Das ist der General von Zastrow. Du erinnerst Dich, wie übel mir dieser veritable Dummkopf seinerzeit in Posen mitgespielt hat. Die Fratze, welche ich so leichtsinnig war, von ihm zu zeichnen, hat ihm so geschmeckt, dass er mich flugs beim Könige selbst denunzieren musste. Ich verdanke der stumpfsinnigen Militärkanaille meine Verbannung in die polnische Provinz, wo sie mich am liebsten hätte verrecken sehen.

Aber diesmal will ich ihm in die Quere geraten. Das juckt mich ganz ungemein. Wie es solchen Kreaturen zu geschehen pflegt, ist er ungeschoren durch die Zeitläufte gekommen. Nun klagt dieser schäbige General die Dir oben erwähnte Frau v. Chézy an, sie habe die Invalidenprüfungskommission – was für ein Wort! - beleidigt, weil sie sich über die Behandlung der aus den preußischen Lazaretten entlassenen Krüppel zu beschweren erdreistet hat. Das hätte sie sich denken können! Wer in Preußen eine indolente und verstockte Institution zu attackieren wagt, welche von hohlköpfigen oder servilen Bürokraten, ob in militärischer Uniform oder auch nicht, kommandiert wird, insultiert natürlich den Staat und nicht seine schlechten Diener. Und wer den Staat beleidigt, insultiert die Majestät. So ist das. Die arme Frau ist natürlich arg erschreckt. Doch bringt sie Beweise, wird ihr zu helfen sein. Und ich fürchte mich nicht, geriete ich selber darüber in Misskredit.

Aber etwas Hübsches hat das alles doch gebracht. Als die Chézy mir erzählte, da könne ja jeder kommen, der keine Ahnung habe, habe der General gesagt, und seine Nase in alles Mögliche stecken, welches ihn nichts angehe, konnte ich partout nicht anders, als den Blick auf Madames hübsche Nüstern zu heften und mir vorzustellen, wie sie ihr allerliebstes Schnüffelnäschen nicht in alles Mögliche, aber vielleicht in ein Glas süffigen Punsches tunkte. Und siehe da, auf einmal waren da überall Nasen: große und kleine, krumme und gerade, knollige und platt gedrückte, mit Warze darauf und ohne, blasiert glatte und zu Grimassen verbogene. Sie wogten hin und her, purzelten über Tisch und Stühle, ein wahrer Hexensabbat von Nasenkobolden war das, die da die tollsten Kapriolen machten. Als dann plötzlich die gewaltige Zastrowsche Saufnase auftauchte, standen sie auf einmal wie ein wohl gewappnetes Heer von Chézyschen Nasenamazonen da, die wütend auf ihn losstürmten. Nasenstüber prasselten Musketengeschossen gleich auf ihn nieder, während aus einem Orchestrion Beethovens Schlacht von Vittoria dröhnte. „Pappnase, Naseweis, hochnäsiges

Nashorn" tönte es von allen Seiten, bis er puterroten Gesichts wutschnaubend das Nasenpanier ergriff. Vielleicht kann ich das alles mal machen. Doch werden wir dem Herrn fürs erste bei Gericht eine tüchtige Nase zu drehen suchen.

Aber zurück zu besagter Dichterin, denn sie erwähnte mir beiläufig, sie habe einige Sujets gesammelt, die sich für die Oper eigneten. Auf meine Frage sprach sie von einem, an welches sie wohl schon länger denkt, eine mir etwas wirre Geschichte, in der sich zwei Ritter um die Gunst eines lieblichen Mädchens, Euryanthe genannt, bewerben und tragisches Geschick durch arge List und heftige Leidenschaft heraufbeschwören.

Es erinnert flüchtig an meine *Undine*, scheint aber ohne den rechten romantischen Geist. Wie es ja heute so viele klischierte gotische Ritterromane gibt, denn die Leute wollen dergleichen lesen, vor allem wenn es schön gruselig ist. Aber nicht gar zu gruselig, dann möchten sie Angst bekommen. Die Welt muß tunlichst in den Fugen bleiben, die dumpfen Abgründe, vor denen sie stehen und in die sie vielleicht hineinfallen könnten, wollen sie beileibe nicht kennen. Zum Schluss muss immer alles wieder gut sein.

Ich bin durchaus nicht gegen gotische Geschichten, doch wenn sie nicht zeigen, auf welchem schwankenden Grunde das Leben ruht, taugen sie nicht. Ich würde mit dem Frauenzimmer nicht arbeiten können. Sie ist intelligent und couragiert, aber konfus und von der Sorte, die immer nur redet und wenig hört, und sicher gekränkt, spricht man so deutlich, dass sie hören muss. Nein, ich denke, ich lasse die Finger von dem prätentiösen Weibe, doch zu ihrem Rechte will ich ihr verhelfen.

Mein nächstes Libretto - sollte es doch noch dazu kommen - schreibe ich mir vielleicht selber, denn einen Textdichter, welcher sich dem Baron Fouqué vergleichen ließe, werde ich wohl nicht finden. Ich habe letztens viel über Text und Musik nachdenken müssen und das in einem Dialoge zweier serapiontisch gesinnter Freunde, eines Dichters und eines Komponisten, aufgeschrieben. Mir bereitet es Vergnügen, über solches zu spekulieren, und ich zwinge mich, das aufzuschreiben, damit ich bis ins Einzelne bedenken muss, warum ich etwas mache.

Manche böse Zunge höre ich jetzt sagen, ich hätte wohl gemerkt, dass ich zur Musik wenig tauge, und versuchte mein Glück nun in der Literatur. Man schilt einen leicht der Geldgier und des maßlosen Ehrgeizes. Womit - Du weißt es - man mir gewiss Unrecht täte. Zwar ist der Mangel an klingender Münze meiner Produktion durchaus förderlich, und da ich diese liebliche Musik nur gar zu selten hören darf, wird mir also im Laufe der Zeit noch einiges einfallen müssen. Ganz gewiss macht es weniger Umstand als musikalische Stücke. Wie sehr schindet einer sich doch mit dem Aufmalen von Partituren - Seite um Seite, nur ein paar Takte auf jeder, für einen kurzen Augenblick Musik -, ein dickes Konvolut säuberlich beschriebenen Papieres, dann das Kopieren der Stimmen und, ist es gar Oper, die Reduktion auf Klavier, damit die Sänger tüchtig pauken können. Was ich für eine Novelle oder anderes an Material brauche ist hingegen ein Nichts: ein paar Bogen beliebigen Papieres und einen Federkiel. Und bezahlt macht es sich auch mehr. Während man ständig mit dem Hute in der Hand herumlaufen muss, um ein paar Aufführungen seiner Piecen zu erbetteln.

Aber das ist es nicht allein. Die Komposition werde ich niemals aufgeben, doch ist mir das Fabulieren, um es geradeheraus zu sagen, zu einer Art Elixier geworden, mehr noch, zu einer ganz rätselhaften Sucht. Welch zauberische Verführung, sich seine ganz eigene Welt einzurichten, sonderbare und merkwürdige Begebenheiten zu ersinnen, in denen die kaum geahnten Hintergründigkeiten ans Licht kommen! Nicht dass ich Unerklärliches erklären wollte, doch ist Lebendigkeit allemal mehr als nur Sichtbares, als das, was der beschränkte Verstand, wie mühevoll auch immer, fassen und womöglich erklären kann. Was Undine in sich vereint, das Sinnliche und Übersinnliche, soll mir mein Thema sein.

Wie wunderbar ist es für einen doch, sich in die Sphäre der bedeutenden Geister hinaufzuschwingen - du siehst sie erst schemenhaft, wie in einem Dunste, von einer Aura umgeben, doch je mehr du dich mühst, desto lichter wird dir der Nebel, sie wollen dich nun nicht mehr fliehen, treten dir freundlich entgegen und beginnen zu reden. Ich wandere durch eine

Berliner Straße und disputiere mit dem Ritter Gluck, als lebte er noch wie Du und ich und wäre meinesgleichen, und der selige Mozart schaut mir zu guter Stunde teilnahmsvoll über die Schulter. Die Welt ist mir unermesslich geworden. Kann man das denn für sich behalten, ohne dass es einen in Stücke reißt?

Blickst Du jetzt bedenklich drein? Nein, nein, sei unbesorgt, mein Freund, ich lebe in keinem mystischen Wahne, es sei denn, Du möchtest jedes Wahnsinn nennen, welches sich jenseits der den gröberen Sinnen zugänglichen Erscheinungen bewegt und offenen Blickes in das schöne Reich der Phantasie eintritt. Doch komm und sieh selber, wie es mit mir so beschaffen ist.

Es grüßt Dich von Herzen in immer währender Freundschaft...

An de la Motte Fouqué

Teuerster Baron!

Lassen Sie mich zuerst meinen Dank sagen für die Teilnahme, welche Sie meinem neuesten Vorschlage entgegenbringen. Es werden ja nur wenige Dinge zu ändern nötig sein, um aus Ihrer Undine - Geschichte ein prächtiges Opernlibretto zu machen. Und mit Ihrer freundlichen Unterstützung wird dies leicht zu bewerkstelligen sein.

Die Handlung wird man zweckmäßig auf drei Akte verteilen, entsprechend den Stadien, welche unsere beiden Protagonisten durchschreiten. So denke ich, im ersten Akt wird man gut daran tun, die noch durch nichts getrübte Zuneigung von Huldbrand und Undine bis zu schwelgerischer Liebe zu erheben, welche im gleichsam bürgerlichen Ehebunde ihre Krönung findet; im zweiten dann des Ritters Schwanken, seine Desertion zu Berthalda, der vermeintlich fürstlichen Tochter, den Wendepunkt: Undinens Rückkehr in das unergründliche Wasserreich; während der dritte und letzte schließlich den Ritter im Zwiespalt zeigt, Berthalda auf dem Höhepunkt des scheinbaren Glückes, der innig ersehnten Verbindung mit dem so heiß begehrten Huldbrand schon ganz nahe, als Undine diesen mit mächtiger zaubrischer Suggestion auf immer in ihr geheimnisvolles Feenreich entführt.

Aus diesen wenigen Worten werden Sie, verehrter Baron, schon erkennen, wie ich die Geschichte dargestellt wissen möchte. Heißt Ihr schönes Gedicht auch *Undine* - was es natürlich ganz zu Recht tut, denn die liebliche Wassernixe ist gewiss der Angelpunkt des ganzen Werkes -, so scheint mir für die Oper der eigentliche Held unser Ritter. Ist er doch wie wir beide der Mensch aus Fleisch und Blut, den ein unerklärlicher Trieb, ein innerer Zwang, ein vielleicht Anderswollen aber nicht Anderskönnen, mit geheimnisvoller Macht dazu treibt, die schimmernde Grenze zwischen der ergreifbaren, soliden, scheinbar so fest und sicher gefügten und nach ehernen Gesetzen ablaufenden Welt und dem Reiche der von nichts gezügelten Phantasie zu überschreiten, das kleinliche, philiströse, sich so rational zu gebärden scheinende, gleichsam auf Ewigkeit gebaute, auch Schutz und Schirm gewährende irdische Reich zu verlassen und die Reise auf Leben und Tod - denn auf nichts Geringeres mag es in der Konsequenz hinauslaufen - mit wenig Schild und Wappnung anzutreten.

Nicht also die Sehnsucht des unirdischen Geistes, zu erfahren, was allein den schwankenden Menschen gegeben, nämlich brausende Leidenschaft, Lust und Leid, die universelle Liebe im mensch-lichen Dasein zu materialisieren, dem überirdischen Geiste menschliche Gestalt und damit erfülltes Dasein zu verleihen - was wohl der Sehnsucht Undinens zugrunde liegt und, ich irre mich gewiss nicht, den Tenor Ihres schönen Gedichtes macht - ist mir das wirklich Hauptsächliche. Wie reizend und verlockend auch der darin verborgene Gedanke sein mag, der Mensch sei trotz aller Mangelhaftigkeiten und tobenden Seelenkämpfe, ja vielleicht gerade wegen ihrer, letzten Endes von ganz anderer Statur als die idealischen Figuren der jenseitigen Sphäre, so will ich doch den Blick auf den irdischen Ritter Huldbrand richten. An ihm will ich das Wirken des Unbewussten in uns, die irrationale Kraft der Liebe, welches in Ihrer *Undine* so unwiderstehlich gleichnishafte Gestalt annimmt, in unserer Oper so recht erfühlbar machen.

Der erste Akt soll ganz romantisch werden. Die Musik wird das Walten der Natur, in welche Undine aus dem Hause ihrer Menschen-Eltern entflohen ist, und das magische Geisterreich des schäumenden Wassermannes beschwören, und ich bin gewiss, den schaurigen, dumpfen Ton des Unheimlichen, der majestätischen, ungestümen Natur, vor welcher der Mensch ganz winzig zu werden scheint, zu fassen: Stellen Sie sich Paukenschläge und Posaunenchöre vor, Undine auf dem Felsen, inmitten der wogenden Fluten, ihr Vater Kühleborn, sie zur Rückkehr drängend mit mächtigem Bass, und den heimlichen Chor der Wassergeister ihm zur Seite. Danach als Höhepunkt und Kontrast, wiewohl der Hörer noch immer die brausende Naturmusik im Ohre hat, folgen Undinens verführerisch kosender Liebesgesang, welchem der Ritter nur unterliegen kann, und das selige Liebesduett, begleitet von einer zarten Melodie in den Klarinetten, Flöten und Fagotten. Der Akt schließt mit einem großem Finale, durch ein Sextett eingeleitet: Huldbrand erhält die geliebte Nixe zum Weibe, und beide nehmen freudigen Abschied von Undinens friedlichen Eltern, den redlichen Fischersleuten.

Der Ritter scheint nun zu besitzen, wessen er immer begehrte. Allein, was liebt er an unserem schönen Kinde? Weiß er das? Ahnt er, dass dies seine irdischen Fesseln zersprengt, dass die zierliche Nixe ihn lehren wird, mit neuen Augen auf die schnöde, praktische Welt zu blicken? Er mag es fühlen wie eine alles durchdringende unerklärliche Sehnsucht, doch wird dies genügen, den Lockungen seines nur auf Gegenständliches gegründeten Seins zu widerstehen? Kühleborn kennt den menschlichen Unbestand, die Gefahr des Erliegens, und bleibt argwöhnisch bei dem noch glücklichen Paare. So wird auch meine Musik eher nachdenklich sein müssen und nicht danach trachten, die augenblickliche Stimmung des liebenden Paares illustrierend zu malen.

Freundlich soll auch der zweite Akt beginnen. Ein schönes Duett Undine - Berthalda zeigt beide Frauen - noch scheinen sie keine Rivalinnen - in anmutiger Harmonie. Wäre der Kühleborn nicht, welcher Undinen gebieterisch ruft, es herrschte nur eitel Freude und Glück. Doch Berthaldas wahre Natur enthüllt sich ja bald, und ich halte Undinens naiv vorgetragene Erzählung von der wirklichen Herkunft der angeblichen Fürstentochter, welche ich mir als Romanze denke, für den dramatischen Wendepunkt unserer Oper. Hier nun tritt Berthaldas inneres Wesen ganz zu Tage. Was soll ihr Undinens kindliches Geständnis, nicht das fürstliche Paar, sondern die braven Fischersleute seien ihre leiblichen Eltern. Statt die naive, idealisch gesonnene Absicht zu würdigen, nämlich die Freude, welche Undine ihr mit der Nachricht bereiten will, denn was gibt es Schöneres als liebende Eltern zu haben, aber auch Undinens Glück, in dem stattlichen Edelfräulein gleichsam eine Schwester entdeckt zu haben, eine zarte, verwandte Seele - dieses unschuldige Gefühl sieht sich jetzt auf das Schändlichste getäuscht. Denn die edelmütig erscheinende Berthalda besitzt die schönere Seele nicht.

Statt ihren so glücklich gefundenen wirklichen Eltern die Arme entgegenzustrecken, sie an ihr Herz zu drücken, schäumt sie Empörung. Will man ihr den gewohnten Besitz rauben, den Stand ihr leugnen, welcher sie als des Herzogs Kind hoch über die anderen stellt? Soll sie gar Wohlfahrt mit kärglicher Armut tauschen? Nein, nimmermehr. Und Undinens inbrünstige, von heißer Freude erfüllte Offenbarung erscheint ihr, so kann sie nur denken und fühlen, als arglistige, vom bösen Geist der Eifersucht und heuchlerischen Verstellung getränkte Kabale, hier vor allen Leuten ausposaunt, zu keinem anderen Grunde als sie in den Schmutz zu treten und sich selbst an die Stelle zu setzen.

So denkt sie wirklich; sie redet sich das nicht ein, ist nicht einmal boshaft im einfachen Sinne und enthüllt doch damit zutiefst unbedachtes irdisches Trachten. Aber selbst dies könnte Undine verschmerzen, würde es nicht zu schlimmem Prüfstein für den ihr alles bedeutenden Ritter.

Dieser - ein erdgebundener Mensch auch - ist verwirrt, wie es mancher seiner Art- und Zeitgenossen wohl wäre. Auch er erkennt Undinens wahre Gesinnung nicht, mindestens muss er ihr schnöde Unvernunft und mangelndes Zartgefühl unterstellen. Bestürzt und fassungslos gewahrt das Mädchen die immer weiter werdende Kluft zwischen sich und dem Ritter, welcher sich in seiner Verwirrung von ihr abzuwenden beginnt. In einer sanften, wehmütigen Musik wird dies nach dem ganzen Tumulte enden. Dann ertönt Kühleborns grimmiger Rachegesang gegen den treulosen Mann. Der hat das Geisterreich sich nun zum Feinde gemacht, ein Verführer der Unschuld, voll unedler Absicht, welcher, kaum vom Schicksal geprüft, auf die Seite der eitlen Berthalda überläuft, die er bei seiner geringen Einsicht besser zu fassen imstande ist und welcher er selbst ein im Geiste verwandter Genosse scheint.

Was sie an ihm liebt? Den glänzenden Ritter, den Mann von Stande, den Kämpen, welchen sie haben will, weil er sie schmückt, ihr Glanz verleiht und ihr, gleichsam als würdigen Lohn ihres Kampfes, Genuss und Lust bereitet. So betört sie ihn mit ihren irdischen Künsten: dem schönen Leib, der lockenden Stimme, glänzendem Prunk, der herrschaftlichen Herkunft, dem öffentlichen Respekt, dessen er, der wenig bedeutende Rittersmann, an ihrer Seite zu genießen gewiss sein kann, den Huldigungen, welche sie ihm erweisen lässt.

Solcherart einfaches Leben, geschätzt und bestaunt in der Menschenwelt, so recht nach dem bescheidenen Verstande des redlichen, wenig fühlsamen Mannes, zieht unseren Ritter in seinen Bann. Was kann er noch wollen, hat er doch alles, wonach sein ach so selbstzufriedener Menschensinn sich nur sehnen will: Geld und Gut, eine prächtige Frau und den Frieden der Seele. Ein schnurrender Kater am warmen Herde. Stumpfe Selbstgerechtigkeit, nur noch in wenigen besseren Augenblicken schamvoll empfunden, wird jetzt sein unentrinnbares Los, Verdunkelung der schöneren Sinne seine traurige Bestimmung sein. Ich will beide zuerst im Duette brillant singen lassen, damit man die Seelenleere merkt. Dagegen steht dann sehr schön Undinens schmerzliches Verschwinden mit empfindsamer Trauermusik und dem hin- und hergerissenen Ritter.

Im dritten Akt kommt die Lösung. Nach fröhlich getöntem Beginn, wo Huldbrand Berthalda ewige Liebe schwört, und dem Rüsten auf ein heiteres Fest, welches ich aber durch Kühleborns dumpfe Racheschwüre und raunende Geisterstimmen zu kontrastieren suche, wodurch die Grundstimmung also eher gedrückt ist - auch Undinens Klage aus der anderen Welt wird zu vernehmen sein -, bricht dann, inmitten des Trubels, die Katastrophe herein.

Berthalda, jetzt ihres Sieges gewiss, glaubt, die jenseitigen Schatten nicht mehr fürchten zu müssen. Sie will den vollen Triumph, die ganze Niederlage der so bedrückenden Widersacher. Das möchte sie allen Augen deutlich machen. Doch als sie den Zauberbrunnen öffnen lässt, wird ihre eigene Ohnmacht offenbar: Die aus der Quelle entschwebende Nixe zieht den Geliebten ein und für allemal in ihren Bann. Im Kusse vereint mit ihr, entflieht ihm sein irdisches Leben. Nun ist es endgültig: Zurück kann er nicht wieder. Vorbei alles Schwanken. Er ist seiner Welt auf ewig verloren, ihre Verlockungen bedeuten nichts mehr. Unser Ritter ist in das Geisterreich seiner Freiheit hineingegangen. Ich lasse es feierlich, groß mit Chor und Orchester zu Ende kommen.

Dies, lieber Baron, in grobem Umrisse die Hauptpunkte. Wir wollen doch das Dramatische mit dem Lyrischen geschickt mischen und Sorge tragen, dass unsere romantische Idee, der Widerstreit zwischen der scheinbar realen, sichtbaren, und der nur anscheinend irrealen Welt, recht eindringlich zur Geltung kommt. Ist Ihnen manches, was ich hier sage, zu ausschweifend oder dünkte es Sie gar ganz überflüssig, so bitte ich im Voraus um Vergebung. Es geschieht gewiss nicht aus blindem Eifer, indes gerät man über seine Gedanken erst in einige Klarheit, bringt man sie zu Papier. Ich befinde mich schon ganz in großer Erwartung und Vorfreude auf alles, was ich bei der Arbeit noch entdecken werde. Für mich wird es eine rechte Haupt- und Staatsaktion, welche mich auch schließlich meine, gelinde gesagt, beschwerlichen Geschäfte im Gericht etwas besser ertragen lassen mag.

Schreiben Sie mir, lieber Baron, sobald Sie es können. Es grüßt Sie ...

An Helmina von Chézy

Verehrte Dichterin!

Seien Sie versichert, gnädige Frau, ich werde mich Ihrer Sache annehmen, wiewohl Sie gestern vergebens auf mich warten mussten. Ich bedauere dies zutiefst, doch waren mir dringende Dinge im Wege. Lassen Sie mich nun einen anderen Vorschlag machen. Da wir beide wohl im Kammergericht wenig Muße finden, wird es Sie, so hoffe ich, die geringe Mühe lohnen, mich in meiner Wohnung aufzusuchen. Sie wissen die Adresse. Doch kann ich Ihnen durchaus Mut machen; es wird wohl zu verhindern sein, dass Sie eine Märtyrerin intriganter Bosheit werden müssen.

Ich kenne die Herren - nomina sunt odiosa - , welche gegen Sie Klage führen, durchaus, habe auch das eine oder andere durch diese selbst zu erleiden gehabt und werde peinlich prüfen müssen, ob Sie den preußischen Staat, wie man es Ihnen vorzuwerfen beliebt, in der Tat verleumdet oder gar beleidigt haben. Dies wird ohne Ansehen von Rang und Person, auch der Ihrigen, geschehen. Sollte es sich dabei herausstellen, dass die von Ihnen vorgebrachte Kritik an den Zuständen in den Lazaretten begründet ist und diese in der Tat so unwürdig sind, wie man es in Ihrer Schilderung an den General von Gneisenau liest, also allein und wider besseres Wissen als Attacke auf das Staatswesen ausgelegt wird, wie es des öfteren von Subjekten geschieht, welche ihr Amt schlecht verwalten, ihre Privilegien missbrauchen und die Autorität des allerhöchsten Monarchen zu wahren vorschützen, um eigenes Versagen zu bemänteln oder Unbequemlichkeit zu vermeiden, so kann es nur zu Ihren Gunsten ausgehen.

Ich werde die Wahrheit finden, wer immer mir auch in die Quere kommen sollte. Es hieße der Majestät einen schlechten Dienst tun, wiese man solches nicht in die Schranken. Noch muss Gerechtigkeit in diesem Lande Gerechtigkeit bleiben. Hörte das auf, so wüsste ich nicht, wozu ich leben sollte.

Also kommen Sie dieser Tage in die Taubenstraße zu mir. Da werden wir besser Muße haben zu reden. Auch kann ich Ihnen dort die liebe Undine vorstellen, welche in unserer Wohnung gastliche Heimstatt gefunden hat. Ich selber habe mich als Maler an ihr versucht: Da sitzt sie, das anmutige Mädchen, bei mir mit Huldbrand, ihrem Ritter, am Ufer des murmelnden Baches, dem düsteren Meeresfürsten Kühleborn lauschend, oder klagt, allein und verlassen, den Wassern unschuldsvoll ihr Leid. Dies und anderes wird Ihnen von meinen Wänden entgegenblicken.

Meine Antwort vor einigen Tagen, als Sie mich fragten, wie ich denn bloß auf das Fouquésche Stück gekommen sei, wo es doch so viele Ritterromane gebe, voll von heroischen Taten, aber auch unheimlichen, grausigen Begebenheiten, voller leidenschaftlich erregter Personage, an exotischen Plätzen agierend, was jetzt überall beim weiten Publikum in Gunst stehe, muss nicht eben belangvoll geklungen haben. Denn, besinne ich mich recht, so argumentierte ich wohl, es sei nichts anderes als die Poesie des Fouquéschen Nixenmärchens gewesen, welche mich unwiderstehlich in ihre Sphäre gezogen habe. Lassen Sie mich es Ihnen, mit Ihrer freundlichen Erlaubnis, nun zu erklären suchen.

Ich will nicht davon sprechen, dass, soll man etwas komponieren, es einem auch nach dem Sinn sein muss. Ganz töricht wäre zu behaupten, ein Libretto könne ruhig schlecht sein, ja, je schlechter, desto besser, käme doch dann die Musik, für welche es ja schließlich gemacht sei, nur zu um so kräftigerer Wirkung. Wie könnte ich etwas in Töne setzen, das mir grob, literarisch ungereimt, schwülstig gar erschiene, mich abstieße oder mir aus anderem ästhetischem Grunde zuwiderliefe? Das verlange niemand von mir. Auch rationale Argumente, ob es sich denn lohne, soviel Mühe und Inspiration auf ein gutes Buch zu vergeuden, wo den Text später, sei er erst einmal komponiert, doch niemand recht verstehe, es auch gar nicht wolle, ihn schließlich auch nicht mitdenken könne, ohne die musikalische Aufmerksamkeit zu beschädigen, überzeugen mich nicht. Lebt einer in dem Gefühl, nur für den Tag zu wirken, ich meine, wohlfeilen Erfolg mit wenig Mühe zu suchen, den leichten Weg zu gehen, ist er ein armer Narr. Ich kann Kunst nur machen, als wäre sie für die Ewigkeit. Fouqués schöne *Undine* ist mir solch ein Kunstwerk, ein herrliches Gedicht, welches meine Seele schon lange erfüllt.

Die Poesie dieses freundlichen Märchens, die stille Gewalt seiner Sprache, die gleichsam bis an die Sphäre der Musik vorzudringen sich anschickt und ein unendlich rührendes Gefühl in mir beschwört, nimmt mich ganz und gar gefangen. Wie unter dem Zwange wohltätigen Zaubers konturieren sich mir im Geiste die zarten Romanzen, die liebevollen Duette und prächtigen Ensembles der Fouquéschen Welt, in welcher die Liebe Huldbrands und seiner schönen Nixe sich hoch emporschwingt aus der drückenden Enge der öden Wirklichkeit hinauf in das idealische Dasein warmer, romantischer Menschlichkeit. Doch immer aufs Neue zollt diese Liebe dem profanen Leben mit seinen Verführungen Tribut, verbannt der Ritter die allein rettende Phantasie hinter die Kerkermauern dessen, was er selbst in blinder Anpassung als den wahren Sinn des Lebens zu erkennen meint. Die menschliche Ordnung ist ihrem Wesen nach unvollkommen, die zuerst vernünftig anmutenden Gebote des Miteinanderlebens erscheinen so zwangsläufig pedantisch, so voll beschränkten, wie es fälschlich heißt: gesunden Menschenverstandes, der stets auf Unterwerfung anderer aus ist, der gemeinen Bosheit so förderlich, dass Liebe dem nur zu entrinnen suchen kann - in das ferne Atlantis oder in Kühleborns exotisches Wasserreich. Dahin will meine Geschichte.

Doch ich werde ausschweifend. Also genug damit. Am Ende denken Sie, ich habe gar keinen Animus mehr für die schlichten Realitäten und Ihre Sache sei bei mir schon verloren. Es ist durchaus das Gegenteil. Nicht die bloße exemplarische Geschichte ist es, die meine musikalische Einbildung ergreift; die dichterische Gestalt, welche sie bei unserem lieben Fouqué gewinnt, vermag dies allein. Sie verstehen nun, warum ich mich für beliebig erzählte Begebenheiten nicht zu interessieren imstande wäre, so viele es ihrer geben mag. Also kommen Sie bald. Bis dahin bleibe ich Ihr ganz ergebener...

An die Sängerin Johanna Eunicke

Johanna, liebes Mädchen!

Heute wollten wir beide *Undine* probieren, doch ich liege krank im Bette; ein Fieber, welches mich öfter plagt, schüttelt mich, und nun geht es nicht. Wie ich das kenne, ist es aber bald vorüber, in ein paar Tagen wird es vergessen sein. Verschieben wir es also auf nächstens.

Bis das Stück hier zur Premiere kommt, hat es noch Weile, und da Sie, meine Teuere, eine jener glücklichen Naturen sind, welche nicht nur wundervoll singen, sondern sich auch die schwierigsten Gebilde wie im Traume einprägen können, wird es geschwind mit uns beiden etwas werden. Manch renommierte Sängerin möchte Ihnen, liebes Kind, das musikalische Gefühl neiden.

Wie oft habe ich, am Klaviere korrepetierend, in qualvollen Sitzungen empfindungslosen Damen jeden Alters Intervalle eingehämmert: c-f, meine Gnädigste, nicht c-e, die Terz macht Ihnen auch das Folgende einen Ton tiefer. Ach, Sie hören absolut? Wie möchte das sein? Mir klingt es absolut anders, um nicht zu sagen, falsch. Ob wir es noch einmal versuchten? Et cetera, et cetera. Manches blühende Weib hat mich damit flugs zum zitternden Greise gemacht.

Ich kann Sie jetzt lachen hören, Johanna. Lachen Sie. Lachen Sie. Klingt heller, ihr silbernen Glöcklein, säuselt mir in den Ohren, ihr lieblichen Harfentöne! Schwingt euch empor, vereint mit meinem Gesange, zu endloser Melodie in eine schimmernde Sphäre immer währenden Glücks! Ihr Blick wird ernst? Die kleinen Grübchen verschwinden? Befürchten Sie nichts. Es ist nichts anderes als die momentane Halluzination eines nervösen Kranken. Da kommen einem mitunter merkwürdige Dinge.

Zurück zum Sängeralltag. In Bamberg hatte ich einmal eine Zerlina - ich will den Namen nicht sagen -, welche mir immer langsamer zu werden pflegte, je schwerer der Mozart die Partie gemacht. Sie kennen vielleicht die heiklen Stellen oder auch nicht, weil sie Ihnen nicht heikel sind. Ich habe das Mädchen mit Menschen- und Engelszungen traktiert, die Galle ist mir in den Hals gestiegen, sie hat mich angelächelt und wäre mir so gerne zu Gefallen gewesen. Es war vor dem Wahnsinn. Ich musste ein paar Vorstellungen mit ihr geben, sie hatte Gönner von Einfluss. Habe dann die Begleitung so geschleppt, dass sie ihre Töne treffen konnte.

Doch genug, denn was soll ich Ihnen vorjammern, womit sich ein armer Kapellmeister placken muss, betrifft es doch Sie, liebes Kind, nicht im Geringsten. Was uns bei der Undine glücken muss und wozu Sie die trefflichsten Gaben besitzen, ist, mit schöner Empfindung in dieses reizende Geschöpf der Fouquéschen Phantasie einzudringen und das wahrhaftige Innere der zarten Wassernixe transparent zu machen. Sie sind, Liebste, dem mit der Intuition schon ganz nahe; es wird nur noch geringe Übung brauchen, und der erwünschte Eindruck ist da. Ist es doch nicht allein die technische Perfektion, deren es dazu bedarf. Sie bedienen sich der gesanglichen Mittel so leicht und ungezwungen, dass uns nichts bleibt, als uns auf den Ausdruck zu legen, welcher sich ja nicht einstellte, hätten wir noch mit diesen banalen Dingen zu kämpfen.

Gewiss, Sängerinnen, welche schöne Töne zu erzeugen vermögen, gibt es schon einige. Man bekommt solches in die Wiege gelegt oder auch nicht. Ich weiß, wovon ich da rede, habe mich selber in meinen jüngeren Jahren in diesem Metier nicht ganz ohne Glück versucht. Man mag seinen Ton durch fleißige Übung und unter guter Führung mit dem Laufe der Zeit verbessern, den Klang reiner und voller machen, die Stimme geschmeidiger - es bleibt alles in den einmal gezogenen Grenzen. Was die Natur nicht gegeben hat, kann auch mit dem größten Fleiße nicht zustande gebracht werden.

Aber Sie, glückliches Kind, haben das alles. Wie oft hörte ich in der Provinz redliche Enthusiasten sich mühen, und was sie sangen, mochte sogar richtig sein, aber was hilft's, wenn die Stimme kratzt, der Tenor kräht wie ein Hahn oder die Sopranistin quietscht wie eine rostige Türangel. Dies macht bei aller redlichen Anstrengung jegliches zuschanden, das Tragische wird unversehens komisch und das Komische allein lächerlich. Ich will dann immer Gleichmut bewahren, denn eigentlich sollte jegliche Bemühung um die Kunst, bliebe sie auch in einfachen Grenzen, ermutigt werden; dennoch gelingt es mir kaum, ein Gefühl heftigen Mitleidens oder knirschenden Unmuts zu unterdrücken. Wenig anders ergeht es einem auch mit manchen Primadonnen der hiesigen Berliner Oper, die ihre italienischen Nummern ohne die Spur von Empfindung absingen: schöne Töne, leere Verzierungen, nirgends eine Spur von Seele. Es bereitet einem Übelkeit, um das Geringste zu sagen. Sie mögen dies aus Überhebung tun; Gestalt und Handlung sind dann nur Vorwand für hohlen Ziergesang; und so halten sie es auch nicht der Mühe wert, in die von ihnen dargebrachte Gestalt einzudringen, sie machen Klischee und wollen auch nicht anders: Das Echte gilt ihnen allemal für banal und hohl, der Kopf eine kalte Einöde. Alles ist bis auf den Punkt festgelegt, und die ohnehin vergröberten Leidenschaften der Opera seria leisten der unsäglichen Attitüde nur Vorschub: Verzweiflung reckt die Arme zum Himmel und reißt den Kopf zurück, Liebe presst die Hand an den Busen und Leid sinkt schluchzend in die Knie. Scheußlich, die falschen Gebärden. Dazu die wallenden Gewänder, in die man sie steckt, und das ganze hehre Getue. Überall Pomp und Prunk. Starre Konvention, gnadenlose Routine. Pose statt echten Gefühls. Automate. Automate.

Welch wunderbares Mädchen Sie dagegen sind. Wie sehr mich Ihre empfindsame Natürlichkeit hinreißt! Wie gelingt Ihnen das nur? Ich weiß mir kein besseres Lob als zu sagen, welch seltene Ausnahme Sie mir sind. Für keine andere möchte ich die *Undine* gemacht haben als für Sie, und fast will es mir scheinen, ich muss es geahnt haben, dass Sie im rechten Moment vor mich hintreten. Es ist schon ein Quäntchen Magie im Spiele, und töricht wären wir, dem mit Leibeskräften trotzen zu wollen, streben wir doch nach denselben Sphären. Aber ich gerate ins Schwärmen. Zurück also zum Operngesange.

Es ist schon wahr: Ein Sänger stellt sich auf ein Podium, weil er singen kann; die einfachsten schauspielerischen Regeln möchten ihm mitunter schwerlich einzupauken sein, und manch simpler Geist ist allein hilflos angesichts dessen, was da vor ihm steht. Wie soll er sich in das Wesen einer Figur finden, wenn er sich selber nicht kennt, wo er doch nur Töne schön singen kann, wie einer, der mit vollen Backen Trompete bläst. Kommt nun dazu der Dünkel - und herrische Arroganz ist die chronische Pest gar so mancher Primadonna, welcher man so hofiert und zu Munde redet, dass sie am Ende glauben muss, was sie tue, sei Offenbarung -, dann ist alles verdorben. Hat sich dieserart Betrieb erst etabliert, kann man nur noch sehen davonzukommen.

Aber was kümmert uns beide das? Wir wollen darangehen zu üben, in unsere kleine Undine hineinzukriechen suchen, dieses Mädchen, das kein elegisches Fabelwesen ist, sondern ein Mensch wie manch anderer, aus Fleisch gemacht und aus Blut - das verstehen Sie doch - und der ewigen Sehnsucht nach Liebe und Harmonie. Aus dem Geisterreiche kommend, kann sie im Irdischen nicht heimisch werden, daran müssen wir immer denken, doch will sie, einmal unter den Menschen, ihr irdisches Glück auch gewinnen und sich von keinem entreißen lassen. Lieb und freundlich ist sie zu den Fischersleuten, aber auch neckisch und verführerisch ihrem geliebten Ritter gegenüber, von koboldhafter Unerklärlichkeit bis zu leidenschaftlicher, hingebungsvoller Liebe. Aber nicht genug, ihr ganzes Wesen, die Gebärden, ihre schöne, ätherische, elfenhafte Zartheit muss sie deutlich und immer von ihren bloß irdischen Mit- und Gegenspielern unterscheiden, fern muss sie sein aller kleinlichen Lebensbegierden, erfüllt von jener leuchtenden, höheren Naiveté, welche eine Ahnung von der wirklichen, schöneren, der romantischen Welt in unserem Herzen entzündet. Gelänge dies auch nur ein weniges, so schafften wir aus der Tiefe der Kunst, und ein jeder, ist er nicht völlig verstockt, wird der Bezauberung teilhaftig sein.

Ich merke schon, wie ich mich besser fühle. Die Vorfreude auf unsere gemeinsamen Abenteuer mobilisiert mir die Kräfte, und in wenigen Tagen, so will ich hoffen, werden Sie wieder von mir hören. Vielleicht nehmen Sie sich, liebes Kind, schon einmal die Arie aus dem zweiten Akt vor, Sie erinnern sich: „Morgen, so hell, Blumen so bunt, Gräser, so duftig und hoch am wallenden Meeresgestade!" Damit können wir, glaube ich, anfangen. Doch seien Sie nicht ungeduldig. Schonen Sie Ihre Stimme, das Wetter ist nass; machen Sie den Mund nur auf, wenn unbedingt nötig; in Ihrem jugendlichen Alter ist man oft recht unbedenklich, und hat es einen erst, ja was dann? Es grüßt sein liebes Undinchen.....

An den Schauspieler Devrient

Solltest Du, verehrter Freund, nicht durch ganz dringenden Grund abgehalten sein, dann komme Freitagabend zu mir, ein Gläschen Punsch einzunehmen. Meine liebe Frau, welche ihn gar trefflich zu bereiten versteht, bittet Dich auch um eben diese Gefälligkeit. Ein köstlicher Salat, dessen Ingredienzen noch nicht verraten sein dürfen, wird zu Deinen Ehren angerichtet sein. Beides soll uns vorzüglich munden und, in Mäßigkeit genossen, Magen und Gedärm wohl frommen. Tue mir die Freundlichkeit und besinne Dich nicht eines anderen, denn ich weiß wohl, warum ich Dich rufe.

Dies soll Dir gleich ohne lästige Umschweife anvertraut sein. Bin ich doch eben dabei, meinem Undinchen aus dem ätherischen Reich des Fouquéschen Gedichts, wo sie unserer Einbildung in tausenderlei phantastischer Erscheinung entgegen tritt, mit ihrer unbestimmten Körperlichkeit, die unser Blick allein ihr zu verleihen imstande ist, hinabzuhelfen in die materialistische, profane Theaterwelt, welche dir aufdringliche Wirklichkeit insinuiert und dem frei im unermesslichen Reiche der Phantasie schweifenden Geiste leicht die Flügel bricht. Hier nun, in dieser Welt, die wir wohl fälschlich das reale Leben nennen, soll unser liebes Feenkind einhergehen, ohne sich die zarten Füße zu schinden, die trockene Staubluft der Bühne einsaugen, ohne sich die Lunge zu ersticken, die sengende Dürre der theatralischen Existenz erleiden, ohne sich die reine Seele zu verbrennen.

Du verstehst doch, lieber Freund, was ich meine. Die idealische Vorstellung des Unbestimmten, wie man sie nur in der Dichtung erlebt, wie kann sie dem äußeren Auge sichtbare Gestalt annehmen, ohne dass sie die wahre poetische Existenz sogleich verliert? Ich rede hier, glaube mir, nicht von den banalen Gebrechen, die jeglichem Leben vor der Kunst eigentümlich sind und die zu vermeiden oder gar zu beseitigen dem aberwitzigen Versuch gleichkäme, die Kunst aufzuheben, indem das Leben an ihre Stelle träte. Doch will ich das

Schlimmste in weitem Bogen zu umgehen suchen und wie ein neuer Daniel mit dem bestialischen Schlendrian mutig kämpfen. In die bleckenden Zähne der Löwen will ich hineinbrüllen, dass die Ungeheuer sich ducken sollen. Ob Du mir da beistehen kannst?

Noch lässt sich das Unternehmen freundlich an. Meine Undine, sagte ich Dir wohl das andere Mal, wird keine alte Vettel sein, deren Leibesfülle die vollkommenste Musik und der schmelzendste Gesang nicht vergessen machen könnten, sondern höchstens die schwärzeste Nacht oder dass uns ein Mittel einfiele, das Publikum mit Blindheit zu schlagen - nein, beileibe, wenn eine auch nur in die Nähe des artigen Wasserfräuleins gelangen kann, dann ist sie es, die reizende Demoiselle Eunicke.

Von schöner, naiver Inbrunst ist sie mit ihren siebzehn Jahren, und ich will es gestehen, ihr Wesen ergreift mich ohne Maßen, sie erscheint mir als meine Muse, und ich muss an mich halten, Kunst und Leben nicht in der Einbildung zu vermischen. Ganz ohne Prätention kommt sie einher, in guter Natürlichkeit, schelmisch bisweilen, ausgelassen wie nur fröhliche Jugend zu sein vermag, doch am schönsten sind die Augenblicke, wenn sich ihr mitunter beim Gesange der Schatten entrückter Empfindsamkeit über die Augen legt. Ihre sehr reine, nicht auf allein äußeren Effekt zielende seelenvoll lyrische Sopranstimme, der unschuldsvolle, reine Ton, trägt sie gleichsam empor in höhere Gefilde und legt zuweilen den Schleier unausdenklichen Zaubers über die Szene. Es ist einem dann, als sei man selber in ein schönes Arkadien entführt, als schwinge sich die Seele hinauf in bessere Welten, dem herrlichen Reiche Atlantis entgegen.

In solchem Augenblick, wenn die öde Trivialität der armseligen Bühne zu verschwinden sich anschickt und die Einbildung die engen Theaterwände einstürzen lässt wie die Mauern zu Jericho und du ganz ergriffen bist von den Schauern der schöneren Realität, eine dumpfe Ahnung dich packt, was idealische Existenz ist, dies dein Inneres gänzlich durchdringt, du gleichsam Teil davon wirst, und wenn dies nur ein einziges Mal und mit der zuckenden Kürze eines Blitzstrahles geschieht, dann war keine Mühe vergebens. Nein, die Eunicke ist, was ich ein wahres Glück für mich nennen will, und sie muss es nicht forcieren, es ist in ihr, ihrer unverstellten Natur, sie trifft es mit jener Sicherheit, mit welcher ein nachtwandlerischer Mensch auf dem schmalen Grate zwischen sich und dem Absturz in grauenvolle Tiefe scheinbar sicheren Fußes schreitet.

Die anderen sind willens und sehr bemüht, und dieses oder jenes Gute mag sich da noch überraschend einstellen, gelingt es nur, ihnen den Geist gehörig einzutrichtern. Der würdige Meeresfürst Kühleborn, Undinens mächtiger Vater aus dem Reiche der Geister - was für eine Partie für Dich, vermöchtest Du doch zu singen -, soll der Bassist Fischer sein, ein Mann von langer Erfahrung, praktischem Sinne für Theatralisches, doch mit fatalem Hange, allein in die Vergangenheit zu denken. Nur gar zu gut ist er sich seiner handwerklichen Kunst bewusst und wie er sich mit erwarteten Posen bei seinem Publico beliebt macht, wo er doch dessen Geschmack bilden soll, anstatt sich sklavisch zu konformieren. So gerät ihm Würde das eine oder andere Mal zu dröhnendem Pathos, Zärtlichkeit zu komischem Sentiment.

Wie mache ich's nur? Du kennst sie ja aus der Schauspielerei, diese biederen, gutwilligen Leute mit ihrer pausbäckigen Selbstzufriedenheit, trockene Seelenkolosse, welche man Gefahr läuft umzustürzen, versucht man ihren Sinn auf das Abgründige zu richten. Nun, was hilft's. Wer's nicht versteht, dem muss es mit Geduld eingepaukt werden. Du weißt das sicher aus Deinem Metier. Bleibt es auch notgedrungen Stückwerk, so soll doch versucht werden, das Beste daraus zu machen.
Also vergiss nicht zu kommen....

Ja, ja, lieber Freund, Du hast so recht, und ich will es freimütig bekennen, schon als ich's neulich schrieb, kam es mir bedenklich apodiktisch vor, das Wort von der profanen Theaterwelt, die der Phantasie Gewalt antut, sie stets auf Vordergründiges lenken will. Ich sah Dich im Geiste die Stirne runzeln, und wärest Du nur an jenem Abend gekommen, wie hätten wir, vom Punsche und unserem strittigen Gegenstande befeuert, über unsere *Undine* disputieren können.

Wissen wir's doch längst: Da schlagen so viele Ideen im wirren Kopfe Purzelbaum, machen die tollsten Kapriolen, bekriegen und bedrängen einander nach Herzenslust und wollen dir schier die Stirne zersprengen, doch du greifst die munteren Kobolde erst und machst sie dir untertan, wenn du sie mit der Feder aufspießt und aufs Papier konterfeist. Aber schon gewahrst du mit Schaudern, wie das Blut sie verlässt, wie sie blass werden und fade, wie sie sich endlich kaum noch sträuben, in Reih und Glied geschoben zu werden, traurig abgelöst von ihren Gespielen, wie sie elend dahinsiechen und zuletzt nur noch einer Sammlung vertrockneter Schmetterlinge und Motten gleich sind, eine staubige Kuriosität muffigen, geordneten Zerfalls auf dem bunten Jahrmarkt des Lebens.

Klarer Verstand tut viel, analytischer Geist ist schon nötig, doch sucht man hinter die Dinge zu kommen, scheint alles Stückwerk zu werden. Unsereiner will immer so dringend wissen, warum er Bestimmtes tut; du bedenkst, zergliederst, und unversehens stößt du schmerzhaft an deine Grenzen. Leben und Kunst - ich kann es nun einmal nicht rational erfassen, einzelne geringe physische Fakten vielleicht, kann mühevoll vorgegebene Wege beschreiten, doch kommt mir manchmal auch zu guter Stunde die Eingebung, wie ich Dinge so ordne, dass sich anderen hinter der bloßen, nüchternen Erscheinung die eigentliche Welt auftut, dass einer die brodelnden Dünste der Hölle verspürt und das milde Licht des Himmels. Dass er unversehens den Blick in die eigene Seele wendet.

Doch genug davon. Wenn ich dies sage, dann nur, weil ich Dir meine Angst erklären will. Zwischen dem Literaten und seinem Leser steht nur das Werk. Der mag es verstehen oder auch nicht, wenn er nur den tieferen Sinn ein wenig verspürt. Ist einmal das Buch erschienen, kann, der es gemacht hat, nichts mehr tun, er muss sich auf seinen geneigten Leser verlassen und darauf hoffen, dieser sei gebildet und, wichtiger noch, willens genug, sich für das Abenteuer des Lesens einfangen zu lassen. Versteht er es vielleicht nicht sogleich, kann er es immer wieder versuchen, wenn er es nur wirklich will.

Nicht viel anders ist es mit der Musik, solange sie allein auf dem Notenpapiere steht. Wir komponieren sie analytisch, nach bestimmten Regeln, festeren und lockeren; das Reich der Möglichkeiten, obwohl wir sie längst nicht alle kennen, ist nicht unermesslich, doch trotz aller kompositorischen Rationalität erscheint da plötzlich ein Gebilde von ganz anderem, höherem Wert, das seine handwerkliche Herkunft vergessen macht und, ist es nur gut und sind wir in der rechten Laune und Muße, es wahrzunehmen, an die Geheimnisse unseres Lebens rührt. Die Musik ist dann wie ein schönes Gedicht, das lange klingt. Mich hat es immer zu ihr hingezogen, da das sinnbeschwerte Wort viele, mir gar zu oft unerwünschte Assoziationen aufzudrängen vermag, mich ablenkt und irreführt, wo es doch um den komplexen sinnlichen Ausdruck geht. (Hier müsste ich Dir von dem Verhältnis von Buch und Musik in der Oper reden, doch darüber ein anderes Mal.)

Was aber die Musik in ihrer praktischen Verbreitung von der Literatur unterscheidet ist, dass sie des Vermittlers bedarf: des Sängers, des Orchesters, des Dirigenten et cetera. Sind diese keine empfindsamen Seelen, sind sie trägen Geistes oder aus dünkelhafter Verbohrtheit dem Stücke nicht gewogen, dann ist es auch um das schönste Kunstwerk getan. Dilettantisches Unvermögen kann alles zu Fall bringen. Selten wird es gelingen, ein ideales Abbild des Werkes zu erreichen, in dem Sinne, dass der entschiedenste Grad der Anrührung erzielt wird. Dies ist in der Oper, diesem seltsamen Gemisch von Wort und Musik, wohl am wenigsten der Fall. Und was mag nicht alles eintreten, um die erwünschte Wirkung zunichte zu machen. Nur so wollte ich von Dir verstanden sein.

Du selbst bist mit Deinem herrlichen englischen Falstaff Beispiel für Glanz und Misere der theatralischen Kunst: Dich auf der Bühne agieren zu sehen, heißt das Theater vergessen, heißt, in das zauberhafte Reich der Phantasie eintauchen. Wem aber außer Dir gelänge denn diese magische Suggestion, die einen gleichsam über die Shakespearische Welt hinaus einen schaudernden Blick in die Katarakte der Seele werfen läßt. Doch kaum bist Du fort, da reißt's einen gleich zurück, da wird's wieder Theater, gut und reizend, anrührend, wunderbar komisch und tragisch zugleich, aber der göttliche Funke ist erloschen, das phantastische Ungestüm dahin.

Ob wir nicht unseren Protagonisten etwas von diesem heißen Atem einzublasen vermögen? Versucht soll es werden, und komme mir keiner, der sagt, er sei ein Sänger und das Schauspielern nicht sein Fach. Ich werde alle gnadenlos hinwegkomplimentieren, die nicht in ihre Rollen hineinkriechen, und will mich nicht genieren, den einen oder anderen gar aus der Szene zu schreien.

Nächste Woche sollen die ersten Proben sein. Du wirst von mir hören...

An Carl Maria von Weber

Mein lieber Weber!

Kann ich überhaupt sagen, wie wohl Sie mir mit der freundlichen Rezension meiner *Undine* tun? Dass Sie zu meinen Gunsten das Wort ergreifen, erwärmt mir das Herz. Habe ich doch unterdessen viel Ungereimtes - um das wenigste zu sagen - über das schöne Werk hören und lesen müssen. Die einen reden mir ein, der Text sei nicht dramatisch und bloß lyrisch, die Exposition zu lang, der tiefere Sinn uneinsichtig, die Handlung entwickle sich umständlich und fessele keinen und dergleichen mehr. Beliebige Urteile ähnlicher Provenienz gibt man auch über die Musik: Sie rühre keinen so recht an, entbehre des wahrhaft melodischen Einfalls, sei laut anstatt eindringlich, nicht wirklich originell, und wären da nicht das hingebungsvoll spielende Orchester und die redlich engagierten Sänger, so lohnte die Oper der Mühe nicht. Dass es den Leuten gefällt, dass der Saal immer voll ist, keiner gleich schnell davongeht und man reichlich Applaus spendet, ficht diese musikalischen Auguren nicht an: Ist doch das Publikum für sie gänzlich inkompetent und ahnungslos, versteht einen Dreck und will bloß billig unterhalten sein. Zuviel und zu lauter Beifall gar lässt naserümpfenden Argwohn zischen, der Komponist habe sich wohl absichtsvoll dem bekannten schlechten Geschmack der banausischen Allgemeinheit angebiedert.

Mir ist das alles längst bekannt, und ich habe es schon im Voraus gewusst, was sich da über mich ergießen wird. Und das ist auch durchaus nichts weniger als menschlich. Wer sich der Öffentlichkeit präsentiert, muss stets darauf rechnen, gerupft zu werden, aus mangelndem Verständnis, was noch angehen mag, aus traurigem Vorurteil mitunter, was schlimmer ist, oder aus gemeiner Borniertheit, welche nicht wahrhaben will, dass etwas gut oder zumindest bedenkenswert sein könnte, was einem nicht in den ästhetischen Kram paßt. Ich bin durchaus gewillt, mir darüber meine Gedanken zu machen, mich selbst zu fragen, ob das eine oder andere stimmen mag, vor allem wenn ich finde, dem Verfasser sei es um die Sache zu tun und nicht um die stumpfe Befriedigung niedriger Eitelkeiten. Dennoch, wenn blasierte Arroganz einen mit höhnischer Bosheit zum Theaterhampelmann deklariert, drückt doch die Milz und das Lachen gerät bitter. Auf die meisten komponierenden Mitglieder der Musikerzunft rechne ich schon gar nicht. Wenn auch nur bei den geringeren Charakteren Neid den Mund verschließt oder gehässiger Stolz keinen anderen neben sich will - kleine Geister denken, sie verlören, käme da einer neben ihnen hoch -, so meinen etliche, keine andere Auffassung tolerieren zu sollen als die ihre. Allein was sie selbst machen ist richtig, nichts darf daneben bestehen, wer nicht tut, was sie tun, den halten sie für einen Tropf. Geschieht das eigentlich nur in den deutschen Landen?

Wie erquickend ist es da für einen, wenn ein wirklicher Musiker, ein Mann Ihres Ranges, wohlwollend und sachkundig über ein Werk wie dieses sich zu reden anschickt. Habe ich doch in Ihnen immer eine verwandte, freundliche Seele erblickt. Wir beide, Sie und ich, sind doch schon längstens dem romantischen Prinzipe ganz verschrieben. Beide kommen wir von dem großen Meister Mozart, beide wollen wir in der Kunst hinter die sichtbaren, wenig für sich bedeutenden Dinge des gewöhnlichen Lebens vordringen, einen ahnungsvollen Blick auf die Mächte werfen, die unsere Geschicke letztlich bestimmen.

So mancher wird uns da nicht folgen wollen. Hörte ich doch kürzlich den wackeren Zelter querulieren, das deutsche Theater sei nun von allerlei Salamandern und Undinen besessen, welche man romantisch zu nennen beliebe. Die Sänger, so der Alte, schrien aus vollem Halse, doch wolle niemand, wie er sagte, das Zeug glauben. Der alte Mann tappt wie ein Blinder durch den trüben Nebel des Rationalismus, welchen er für strahlenden Sonnenschein hält, Goethen aus Weimar, seinem innigen Busenfreunde, unverzagt und brav hinterdrein, welcher für alles seinen praktischen Rat weiß. Er kann es seinem nüchternen Pedantenverstande vielleicht nicht so recht zumuten zu glauben, dass er selbst auf schwankendem Boden in tiefer Finsternis dahintorkelt, seinem wahren Grabe entgegen. Bei solchen muss es immer schön ordentlich zugehen, da muss sich alles reimen und exemplifizieren lassen. Dem wird es nicht unheimlich. Der setzt unbeirrt auf das, was er die menschliche Vernunft nennt, auch wenn links und rechts alles drunter und drüber geht. Nicht viel anders wird es auch bei denen sein, die einen als Untertan haben, und ihren eifrigen Schranzen, welche uns die politischen Mores lehren. Da steht es bei Ihnen in Sachsen nicht anders als hier in Preußen.

Müssen wir nicht suspekt erscheinen, wenn wir uns in das Abgründige begeben, ist, wer das tut, nicht im Verdacht, ein abständiges Bild von den Zeitläuften, ihren geheiligten Institutionen und ihren Potentaten zu haben, und von den eigenen insbesondere, weil er sie am eigenen Leibe erfährt? Ich kann hier in Berlin nicht reüssieren; Brühl, der Ihnen ja mehr gewogen scheint, will mich nicht. In Dresden, wo Sie jetzt sind, weht der Wind, wenn es um solches geht, auch nicht anders. Ach, ich fürchte, Sie werden gegen den gänzlich faden, aber intriganten Morlacchi, der dort in der Oper immer noch das Zepter schwingt, nichts ausrichten. Die doktrinären Machtverwalter mit ihrem kleinlichen Glauben an das, was sie sehen, riechen, schmecken und betasten können, und ihrem tiefen Abscheu gegen alles, das ihnen nicht so recht zu folgen gedenkt, was sie auch flugs für krank und getrübten Geistes ansehen, wittern allerorts Verrat. Ach, es ist schon übel. Sie mögen da mehr Hoffnung auf Änderung haben als ich, sind Sie doch gut zehn Jahre jünger; ich selber schon über die vierzig, gebeutelt von Misserfolg und auch Krankheit. Was wird sich für mich noch ändern?

Doch zurück zu Ihrer freundlichen Rezension. Sie sprechen mir aus der Seele, wenn Sie bemerken, dass die einzelnen Teile meiner Oper fest in das gesamte Werk eingebettet und alle nur auf dem Hintergrunde des Ganzen zu begreifen sind. Dies habe ich mit voller Absicht zu erreichen gesucht, denn die Idee muss doch sein, den Zuschauer nach und nach immer tiefer in die phantastische Märchenwelt eindringen zu lassen, ihn nicht durch Äußeres abzulenken, sondern in ihm jenes unbegreifliche Gefühl heraufzubeschwören, welches ihn wirklich das ganz erfassen lässt, mit Herz und Sinnen. Um dieser höheren Einsicht willen muss das Einzelne in wahrer Kunstunschuld bescheiden zurücktreten. Die Ahnung der magischen Welt soll ihm doch kommen. Dazu muss einer aber auch bereit sein. Lässt er sein Vorurteil nicht zu Hause, rühren ihn selbst Engelszungen nicht.

Hier im preußischen Berlin herrscht, wie bei Ihnen in Dresden auch, an der Königlichen Oper immer noch der italienische Geist. Die Art Piecen, welche man hier vorführt, hat mit dem Romantischen nichts gemein. Die Handlung ist Vorwand für Gesang. Die Personage: nicht einer aus Fleisch und Blut. Aufgeblähte Heroen und Pappmacheetypen. Als habe es niemals den großen Reformator Gluck gegeben, der den seichten Geist der italienischen Oper in Deutschland mit seinen wunderbaren, ganz wahrhaftigen und empfindsamen Werken für jede fühlende Seele längst ad absurdum geführt hat. Doch halten die philiströsen Hofschranzen, welche dieser Art Kulturbetrieb Vorschub leisten, an den gewohnten Sitten fest. Was man sogar begreift: Ein Philister hört auf, einer zu sein, kommen ihm seine Vorurteile fort. Prunk und Gepränge auf der Szene, stilisierte Leidenschaften, gezierter Gesang, artifizielle Gebärden – wozu denn? Des Sinns entleerte Kunstprodukte. Das soll nur schön sein, soll so sein, wie man es immer hatte, das macht keine Gemütsunruhe, welche, wie Sie so treffend sagen, bei jedem Kunstwerke sich einstellen muss. Nur nicht angerührt werden, nur immer dumpf in der Sphäre bleiben, welche man zeitlebens kennt. Denn Unruhe erscheint als Unrast, und könnte dahinter nicht der Aufruhr grinsen? Also am besten Oper als Dekoration, und möge der Zeitgeist aus ihr verbannt bleiben. So denken die. Doch soll dem ein Strich durch die Rechnung gemacht werden.

Was sonst noch um uns auf der Opernbühne passiert, ist, wie Sie's beschreiben: seichte Späße und Melodien, welche die Leute kitzeln und naiveren Gemütern nichtswürdige Gemeinplätze als Lebensweisheiten unterschieben, Maschinenunfug ohne Zweck und Sinn. Nur Frappantes tut Wirkung. Allein auf Handfestes ist man konzentriert. Billiges Amüsement, das möchte für viele das Rechte sein und der Staatsräson wohl zupass kommen. Alles Langsame erscheint als langweilig, alles Tiefsinnige als unverständlich. Doch was nützt das Lamentieren? Wälzen wir den Stein getrost weiter wie Sisyphus; könnten wir denn anders?

Wenn wir endlich nur bei dem bleiben, was uns als aufrichtig und wahrhaft vorkommt, denn niemals würde ich um des äußeren Effekts willen zu musikalischen Mitteln greifen, die meiner Überzeugung als Künstler zuwiderliefen. Mag ich, teurer Freund, auch in der Literatur besser fortkommen und sollte sie selbst zu meinem prinzipiellen Metier werden, so bleibt mir die Musik doch die höchste unter den Künsten, vergleichbar allein, wie Sie das so wunderbar sagen, bei den Menschen der alles durchdringenden Liebe. In diesem Sinne will ich Sie, lieber Meister, von Herzen grüßen...

An Johanna Eunicke

Johanna, geliebtes Kind!

Sie erschrecken mich. Die rückhaltlose Offenheit Ihres Briefes
macht mich betroffen. Sie liefern sich mir aus! Wie, wenn ich
das zu Ihrem Nachteile nutzte? Wie lange kennen wir uns? Ist es
ein Jahr? Ist es länger? Ich will es Ihnen ohne Umschweife
gestehen: Sie haben mich gleich das erste Mal entzückt, als ich
Sie im Schauspielhause die Zerlina singen hörte: Die über die
Maßen herrliche Stimme, der innige, ganz natürliche, doch
liebevolle Vortrag - das kann schöner überhaupt nicht gemacht
werden.

Sie haben mich bezaubert; und wie soll ich es sagen, ich habe
Sie gern in meiner Nähe. Ihr freundlicher Blick wärmt mich wie
der Sonnenstrahl im neblichten Oktober, und es geschieht mir
oft, dass Sie erscheinen: Ich höre Sie himmlische Lieder singen,
sehe mich lauschend zu Ihren Füßen, und ein unbeschreibliches
Gefühl elysischer Wonne hüllt mich ein. Ich fühle mich wie an
die Pforte des unendlichen Reiches der Phantasie entrückt, die
Musik, welche um Sie tönt, durchdringt mich gänzlich, und
seltsame Dinge treten mir vor den Sinn. Alles das danke ich
Ihnen. Und Sie kommen mir immer, wenn ich Sie rufe, leiten
mich an Ihrer schönen Hand wie meine vom Himmel gesandte
Muse in unbekannte, ersehnte Gefilde; ich bin Ihnen ganz nahe,
auch wenn unsere gemeinsame Zeit, die wir der *Undine* widmen
konnten, nun abgelaufen ist. Sie begreifen, was Sie mir sind?

Nun lese ich in Ihrem Briefe, es sei mehr als Zärtlichkeit, was
Sie für mich empfinden, Liebe gar - täuschen Sie sich da nicht?
Mir wäre ganz plausibel, setzte ein junges Mädchen den
Gegenstand, in den sie verliebt ist - achtzehn Jahre sind Sie jetzt
doch wohl - mit der Person gleich, solches passierte nicht das
erste Mal. Nein, Sie irren gewiss, Sie sagen, Sie wollten sie mit
mir teilen, meine Vorlieben und meine Leiden, mir an die Seite
treten - liebes Kind, das ist es eben nicht.

Lassen Sie mich es so sagen: Wir sind durch die Kunst zusammengekommen und ihr wollen wir uns auch des Weiteren anvertrauen. Ich bin vor Ihnen mit meinen gut vierzig Jahren ein alter Mann, der schon auf das Ende des Lebens sieht, seine Gesundheit übermäßig ruiniert hat durch vielen Punsch, durch die Wechselfälle des Lebens tüchtig gebeutelt ist und der es liebt, im geselligen Kreise seiner Literatenfreunde gehörig zu bramarbasieren. Der Anblick meines Katzenjammers, wenn ich mich nicht aus dem Bette heben kann, der Magen und das Gedärm rumort oder der Kopf in tausend kleine Scherben zerspringen will und das Blut siedend in den Ohren pocht, wäre Ihnen, Teuerste, wahrlich keine Augenweide.

Nein, wollen wir die schnöden Dinge des täglichen Einerleis für uns behalten. Die meinigen sind bei meiner lieben Frau Michalina, welche vieles mit mir erdulden musste, am besten aufgehoben. Ich bedarf auch einer gewissen Beständigkeit, welche mir erst die Kräfte zu meinen mannigfaltigen geistigen Erkundungen verleiht, des mäßig bewegten Hintergrundes, der die Phantasie erst die Flügel breiten lässt. Wer könnte stets nur ernten, ließe er nicht in Muße reifen.

Verstehen Sie nur nicht falsch. Ich fühle mich nicht allein schmeichelhaft emporgehoben durch den Antrag, den Sie mir machen - es ist ein wahres Glück, welches ich gewiss nicht verdiene, und töricht müsste ich scheinen, stieße ich dieses von mir. Ich will mich mit Ihnen, Liebste, treffen, gemeinsam mit Ihnen musizieren, wie wir das für die *Undine* zu machen pflegten - davon werden wir beide gewinnen. Ihre schöne Naiveté, welche ich über alles bewundere, werden Sie sich nur erhalten können, gelingt es Ihnen, sie auf eine höhere Stufe zu heben - lassen Sie sich also von der Schlange verführen.. Beißen Sie in den sauren Apfel der Erkenntnis und lassen Sie sich aus dem Paradiese vertreiben. Gelangen Sie durch Zweifel an sich selbst und fleißige Bemühung zu jener höheren Unschuld, welche jedem Sturme widersteht und einem bleibt. Sonst möchten Sie alles verlieren, wie man eine schöne Stimme verdirbt, ist sie nicht hinreichend gebildet und strengt die Physis über die Maßen an.

Ich kannte eine junge Sängerin, welche aus naiver Empfindung die schönsten Eindrücke zuwege brachte - doch da verliebte sie sich, und schon war es geschehen: Allein der Geliebte beherrschte ihre Seele, alles wurde ihr wertlos, sie hatte für das, was sie auf dem Theater spielen oder singen sollte, gar kein Gefühl mehr übrig, es war ihr bloß öde und lästig, und öde wurde ihr Vortrag auch. Man sah, wie sie sich quälen mußte, doch was immer sie tun mochte, es geriet zu trauriger Werkelei - sie hatte die unschuldsvolle Naivität verloren und nichts war an ihre Stelle getreten. Lieben Sie mich nur, dann nützen wir es für die Kunst, sagen Sie nicht, Sie wollen mir nur geben. Plündern Sie mich aus, nehmen Sie alles, was ich habe, zu ihrem Vorteil. Bereichern Sie sich an mir, dann werden wir beide reicher. Üben Sie, das Leben in der Kunst produktiv zu machen, das Gewöhnliche ästhetisch zu erheben, und Sie werden, gelänge es Ihnen, eine unerhörte Sängerin sein, vergleichbar in Ihrer Aura allein dem göttlichen Devrient, der diese Kunst als Schauspieler in der Vollendung beherrscht. Nichts kommt aus der Seele, ist der Kopf nicht danach.

Ich selber will mich dem Zauber, den Sie über mich breiten, ganz hingeben. Doch wollen wir nicht nur reden oder Zärtlichkeiten tauschen, ich will auch mit Ihnen arbeiten; Ihre wundervolle Stimme ermüdet mir viel zu schnell - wir wollen sie durch vernünftige Übung zu kräftigen suchen, damit sie lange erhalten bleibt. Man muss alles gelassen und praktisch betrachten und über längere Zeit gehen lassen, denn Übertreibung und Hast könnten zur Manie werden. Ich hörte da von einem Falle, wo ein armes Mädchen mit schwächlicher Lunge von ihrem ambitionierten Vater trotz aller Vorstellungen der Ärzte zum Singen getrieben wurde, schließlich selber nur noch im eigenen Sange zu leben begehrte und sich so verzehrte, dass keiner ihr mehr zu helfen vermochte. Ich will Ihnen beileibe keine Angst machen - die Geschichte ergreift mich und ich möchte sie nicht vergessen. Halten Sie mich nur nicht für einen sauertöpfischen, moralisierenden alten Kerl. Wir können beide, jeder auf seine Weise, unendlich gewinnen, verstehen wir nur, das Rechte daraus zu machen. Sind wir in unserer Empfindung aufrichtig, sollte es schon gelingen. Es grüßt Sie herzlich Ihr...

Was rede ich da - wo ich Dich doch umarmen, küssen, Dich an mich reißen und nie wieder loslassen will. Presse Deinen süßen Leib an meinen, streiche mir über die Augen, betäube mich mit dem zarten Duft Deiner Haut, mache mich mit Deinen Küssen atemlos...

An den Freund und Gönner Hippel

Teuerster Freund!

Lange haben wir nichts von einander gehört; mein letzter Brief war wohl nach dem Brande des hiesigen Schauspielhauses, und ich hatte Dir Bericht gegeben, wie wir, meine Frau und ich, beinahe in die Flammen gekommen wären, da unser Haus in der Taubenstraße schon lichterloh zu brennen begonnen hatte. Gottlob, dies ist nun hinter uns. Das Schauspielhaus ist jetzt nichts mehr als eine trostlose Ruine und Schinkels prächtige, ganz kongeniale Dekoration zur *Undine* dahin, zerstört samt den Kostümen. Welch unersetzlicher Verlust!

Es wird, so hört man, Jahre dauern, bis alles wieder aufgerichtet ist, und ich zweifle schon, ob Du diese, mir bis dahin am besten gelungene Oper hier in Berlin noch einmal zu sehen bekommst. Sie hatte ganze vierzehn Vorstellungen, zu wenig, um einen bleibenden Eindruck zu hinterlassen, sich tiefer in das Bewusstsein der Leute zu graben. Du weißt ja, welch günstige Aufnahme das Werk beim allgemeinen Publikum gefunden hatte, das Theater war stets gefüllt, und auch die Ausgaben für die Aufführungen wären gewiss in Kürze durch die in diesem Falle zu erwartenden Kassaeinnahmen wieder zurückgekommen.

Doch nichts. Bald wird das Stück aus dem Gedächtnis entschwunden sein, und auch finanziell ist es einmal mehr eine getäuschte Hoffnung. Brühl hat sich herabgelassen, mir fünfundzwanzig Friedrichsd'or zu zahlen, Fouqué gar hat nur fünfzehn bekommen, ein rechter Hungerlohn, bedenkt man, wieviel Plackerei das gemacht hat - er versprach, mehr zu zahlen, sobald nur die Kosten erspielt seien. Nichts. Auch habe ich versucht, einen Auszug für Klavier herstellen zu lassen, damit man ihn zur Ansicht herumgeben kann - die eine oder andere Bühne mag sich interessieren, obgleich das Stück wegen seines Umfanges und der musikalischen Forderungen vielen leicht zu prätentiös erscheinen mag. Wieder nur leere Versprechungen. Dann wollte ich dem Grafen Brühl als dem Intendanten der hiesigen Schauspiele die Oper zum Eigentum des Theaters übergeben, gegen angemessenes Honorar, versteht sich. Sie hätten die Versendung des Materials vorzunehmen gehabt, aber auch die Einnahmen kassieren können, und Brühl hätte mit seinen Verbindungen schon einiges zuwege gebracht.

Doch warum hätte er's denn sollen? Der Hof ist knauserig, er müsste für alles gute Gründe nennen. Soll er sich also die Arbeit und den Ärger machen? Ja warum auch? Also abermals nichts! An die Hofoper Unter den Linden will er das Stück nicht geben, die technische Einrichtung sei da nicht ausreichend und soll auch zu teuer sein. Nichts. Nichts. Nichts. Alles Vorwand. Keiner will wirklich. Nun verspricht der Graf zwar, er wolle die *Undine* im neuen Schauspielhause wieder geben lassen, redet mir aber schon von Änderungen. Ich will ihm trotzdem weiter meine Bettelbriefe schreiben, vielleicht geschieht noch ein Wunder. Ein Wunder in Preußens Hauptstadt. Wäre das nichts?

Ich merke schon, ich werde bis zum Sankt-Nimmerleins-Tag warten dürfen. In der Gunst des Publikums bist du ein schwankendes Blatt im Winde: Wirst du nicht präsentiert, bist du bald vergessen. Die Leute wollen immer Neues. Neu, neu, neu! Für die meisten macht es auch keinen Unterschied, ob das Stück ein Meisterwerk sein möchte oder auch nicht. Hauptsache, es macht Effekt, hat brillante Nummern und hält sie bei Laune, mag es seicht sein wie es will, sind sie doch nicht gebildet genug oder mühen sich nicht, unterscheiden zu können. Da rennen sie manchem bunten Scharlatan hinterher, versteht der es nur recht, ihnen die passende Brille aufzustülpen und dazu tüchtig Rotz auf die Backe zu schmieren. Ich kenne eine Menge artiger Notenpinseler, welche diese Kunst trefflich beherrschen. Hier am Orte wimmelt es nur so von „Neuen Rittern", „Rittertreue" und wie das grause Zeug alles heißen mag. Ähnliches habe ich in Bamberg oft einstudieren müssen. Ich will ja noch froh sein, dass Brühl mir nicht übel gesonnen zu sein scheint, käme ich doch vermutlich sonst vor lauter komponierenden Kapellmeistern, welche mit Karnickeleifer Opern hecken und keinen neben sich hochkommen lassen -

zumal sie auch nicht gering von sich denken -, kaum an ein nennenswertes Theater. Doch vielleicht macht er alles nur Fouqué zuliebe. Weiß ich das?

Aber noch hoffe ich. Bliebe meine *Undine* hier eine Weile im Repertoire, könnte das ihrem Fortkommen nur förderlich sein - dies umso mehr, als man sich von ihrem Werte überzeugen muss, denn sie verlangt Aufwand und gutes Orchester, von den Sängern gar nicht zu reden. Es muss also vor dem Erfolg einiges an Mühe und auch Geld verwandt werden. Auch hätte ich mich in solchem Falle als Komponist etablieren können. Doch gefehlt! Der anfangs so günstige Eindruck wird bald verflüchtigt sein.

Genug des Jammerns. Doch lass mich den Stein ganz von der Seele wälzen. Habe also noch etwas Geduld mit mir. Schrieb ich Dir nicht schon damals, vor dem Brande, wie die Kritiker hier *Undine* misszuverstehen beliebten? Ich selbst müsste mich im Großen und Ganzen durchaus nicht beklagen, rühmen doch die meisten die Musik als gut gearbeitet und recht gefällig. Aber außer Webers günstiger Beurteilung und der ausführlichen Rezension unseres Freundes Schmidt, beides Männer, welche, selbst Musiker von Rang, wissen, wovon sie reden, ist nur noch der Artikel von Catel - Du kennst den Prediger der französischen Gemeinde gewiss - zu erwähnen. Die meisten fallen über Fouqués armes Libretto her wie der Wolf über das Lamm, schelten es mystisch, frömmlerisch, undramatisch und langweilig. Keiner müht sich, den wirklichen Sinn des herrlichen Werkes zu erkennen. Der Tenor lautet, es bewiese ein anderes Mal, wie die Musik selbst ein schlechtes Libretto vergessen machen könne, was in diesem Falle schierer Unsinn ist. Einer schrieb gar, das Stück sei ein schöner Vorwand für prächtige Theaterwirkung und pompöse Dekoration. Ein anderer, es sei blässlich und bar der Gedankentiefe. Was sagt man da? Man steht erstarrt und läßt sich das wirre Zeug gefallen.

Sucht man den tauben Ohren zu entgegnen, wird man schnell zum Hanswurst. Worauf berufen diese Schreiberlinge sich denn? Bestens auf das, was sie ihren Geschmack nennen. Und den halten sie für untrüglich. Aber was soll man mit einem machen, der am liebsten Sülze kaut und süßlichen Punsch trinken will?

Der wird zu speien anfangen, reicht man ihm Kaviar, und über das widerwärtige salzige Zeug lamentieren, und den Rüdesheimer, den du ihm einschenkst, für schmähliches Wasser, wenn nicht schlimmeres ansehen.

Ich stehe bei solchen also mit meiner *Undine* neben den unzähligen dummen Ritterstücken, welche jetzt allenthalben im Schwange sind. Aber ich wollte doch kein beliebiges Surrogat im gotischen Stile, um mich anzubiedern, vielmehr ein echtes Werk im serapiontischen Geiste, wo der Mensch in die Tiefe seiner Seele zu dringen sucht, trotz aller Anfechtung und Gefahr sich in außerordentlicher Situation bewähren muss, wie Undine und ihr Ritter, jenseits aller Gesellschaftskonvention und fern des öden Rationalismus, für welchen Emotion nur der schlechtere Teil der menschlichen Existenz ist. Dass es auch gegen die stumpfe und affektierte italienische Oper sich richtet, gegen ihre unsägliche Falschheit und Seelenarmut, mögen vielleicht einige durchaus würdigen. Wenn Brühl es wieder aufzuführen geruhte, könnte manchem noch ein weiteres Licht aufgehen. Das muss ich hoffen. Punktum.

Schreibe mir doch mal wieder. Oder besser, komme am liebsten her mit Deiner Frau, damit wir ausgiebig schwatzen können, denn, wie ich Dich kenne, weißt Du auch vieles, was Du in keinem Briefe schreiben möchtest. Tue mir die Freude und überlege das. Vielleicht kannst Du Deine Geschäfte so einrichten, dass sie Dich nach Berlin führen. Es grüßt Dich und Deine Frau in unveränderter Freundschaft...

Überfahrt zu Oberon

Jetzt, da die Konturen der Küste von Augenblick zu Augenblick ungewisser wurden und das hinter ihm liegende Land allmählich in der durch weite Entfernung glatt erscheinenden Oberfläche des nun düsteren Wassers untergegangen schien, rings um ihn nur wolkenverhangener Himmel und schäumende Wogen waren, die mit dumpfem Dröhnen am Rumpf des Schiffes zerbarsten und Kaskaden von flockigen Spritzern auf das Deck sprühten, sich das Brausen des Windes mit dem rhythmischen Stampfen der Maschine zu orgiastischem Hymnus vereinte, jetzt, da das Auge keinen Fixpunkt mehr hatte und nur noch abgründige Ungewissheit ihn gleichsam aufsaugen wollte, in diesem Augenblick äußerster Freiheit und Verlassenheit wusste er es mit bitterer Klarheit: Es gab kein Zurück.

Dies war der Moment, den er gefürchtet hatte - nein, nicht erst in Calais, wo er mit Fürstenau an Bord der *Fury* gegangen war, sondern in all den Wochen und Monaten zuvor, als die Reise nach London allmählich schärfer umrissene Gestalt annahm, hatte sie vor ihm gestanden, die Frage, warum er sich auf dieses riskante, vielleicht gar tödliche Abenteuer einlassen sollte, für das es angesichts seiner trostlosen Gesundheit keinen plausiblen Grund geben konnte und von keinem seiner Freunde ermunternde Zustimmung gekommen war.

Sein alter Hausarzt, von dem er sich, seitdem er in Dresden ansässig war, behandeln ließ und den er auch diesmal nötiger Medikamente und medizinischer Verhaltensregeln für die Reise wegen konsultierte, hatte ihm nur kopfschüttelnd zugehört und, während er seinen Rücken umständlich auskultierte, sarkastisch bemerkt, von den verschiedenen Möglichkeiten, seinem Leben ein Ende zu setzen, sei dies zwar nicht die schnellste, jedoch eine letztlich nicht weniger wirksame, als sich von der Albertbrücke in die Elbe zu stürzen. Die Schwindsucht sei leider fortgeschritten, er vermute mehrere Kavernen; bei vernünftiger Lebensweise, größtmöglicher Schonung, vorsichtiger Tätigkeit - nicht zu lange gebeugt in ungelüfteten oder zugigen Zimmern

Noten schreiben und jeden Tag ein paar Stunden ruhen - könnte er mit Glück noch einige Zeit am Leben bleiben. Dresden sei mit seinen feuchten Wiesen und den oft scharfen Winden schon alles andere als ideal für die Bronchien, die strapaziöse Reise, das die Lunge reizende rauhe Meeresklima würden ihn allerdings unweigerlich in wenigen Monaten ins Grab bringen. „Aber wie ich Sie kenne, lieber Weber, werden Sie sich wenig um meinen Rat scheren. Es ist der Habitus aller großen Leute zu tun, was sie nicht lassen zu können glauben. Die Medizin ist in diesem Falle ohnehin mit ihrem Latein am Ende."

Ein plötzlicher Windstoß schnürte ihm die Kehle zu. Eine Hand an die Reling geklammert, drehte er sich in elementarer Angst um und rang verzweifelt nach Atem. Instinktiv machte er zwei Schritte auf die Luke zu, um sich unter Deck in Sicherheit zu bringen; ein Matrose, der ihn wohl für eine seekranke Landratte hielt, riss ihm die Tür auf und schob ihn hinein. Der jähe Umschwung ließ ihn freier atmen. Erleichtert setzte er sich auf eine Bank, das deutlich stärker fühlbare Schlingern bereitete nur mäßiges Unbehagen. Lange würde es nicht mehr dauern, dann war die englische Küste erreicht.

Seine Gedanken wanderten zurück nach Dresden und zu seiner Frau. Was mochte Caroline wohl gerade machen? Sie hatte ihn wieder und immer mit nie versiegender Leidenschaft beschworen, den englischen Kompositionsauftrag abzulehnen oder doch wenigstens nicht selber den *Oberon* in London einzustudieren, warum er um Gottes willen denn um jeden Preis dorthin wolle, ob er denn seine Frau nicht mehr liebe, was denn aus den beiden Buben Max und Alexander werden solle, stieße ihm etwas zu. Wenn sie auch nicht eben Geld im Überflusse hätten, könne man doch ohne Not auskommen, um gemeinsam den Rest des vielleicht ohnehin kurz bemessenen Lebens zu genießen. Sie hatte ja auf ihre Weise recht.

Plötzlich stand wieder deutlich vor ihm, was er da hinter sich gelassen hatte, die glücklich empfundene Geborgenheit der kleinen Liebkosungen, das die Seele erquickende Lachen der ahnungslosen Kinder, die heitere Gelassenheit des stillen Sommerhäuschens in Hosterwitz, idyllisches Refugium im Elbtal am Rande der Stadt, wo man sich an schönen Sonnentagen in

Italien wähnte und der Schatten des unerbittlich nahenden Endes für ein paar durch nichts getrübte Augenblicke aus dem Bewusstsein getilgt war, auch in dem verführerischen Gefühl des Aufgehobenseins inmitten der überschaubaren Menschen und Dinge, die einen umgaben, wo Trost und Gewissheit lagen, nicht verlassen zu sein - das alles war ihm nun in weite, unerreichbare Ferne entrückt.

Warum hatte er sich auf dieses vielleicht letzte Abenteuer eingelassen? Geldnöte waren es gewiss nicht: Sein Salär als königlich sächsischer Kapellmeister war nicht eben fürstlich, doch immerhin auskömmlich. Er selbst war, wenn auch nicht sonderlich angesehen bei Hofe, wo man einen Musiker aus kleinen Verhältnissen wie zu Mozarts Zeiten für einen besseren Lakaien hielt und ihn jederzeit die Kluft fühlen ließ, die ihn von den Leuten trennte, welche in der näheren und ferneren Umgebung des sächsischen Souveräns den Ton angaben, so doch beim Dresdner Publikum beliebt: Vorerst musste er eigentlich nichts befürchten, so lange er noch die Arme zum Dirigieren heben konnte. Das Angebot, das ihm die Herren Kemble und Smart von der Londoner Covent Garden Opera gemacht hatten, bestätigte seinen Ruf als über die Grenzen Sachsens oder gar Deutschlands hinaus renommierter Musiker. London, das hatte er Caroline nicht lange erklären müssen, war für einen Musiker der Nabel der Welt, *the hub of the universe*, wie es der Operndirektor Kemble mit jovialem Lachen genannt hatte, nicht die Hauptstadt eines kleinen deutschen Königtums, sondern die glanzvolle Metropole eines europäischen Imperiums, reich und kulturbewusst, in der die Musik im Miteinander der Menschen eine allererste Rolle spielte.

Dorthin eingeladen zu sein, dort ein eigenes Werk aufzuführen, Konzerte zu geben, war vielleicht die Krönung des Lebens, die Klimax aller bisherigen Bemühungen. Es werde ja alles nur wenige Wochen dauern, dann sei er wieder daheim, hatte er Caroline zu beschwichtigen gesucht, und gewiss werde es seiner angegriffenen Lunge gut tun; das frische Seeklima könne am Ende gar Wunder wirken, die Freude, an so bedeutendem Orte tätig zu sein, ihm ungeahnte Kräfte schenken. Und selbst, wäre dem nicht so, sei es für ihn selber eine durch nichts zu ersetzende Genugtuung, sie und die Kinder fern jeder materiellen Bedrängnis zu wissen. Die Opernofferte sei großzügig, ein paar hundert Pfund habe ihm Covent Garden geboten, dazu kämen noch Einkünfte aus bereits verabredeten Konzerten, Auftritte in den Salons adliger Mäzene, außerdem gebe es in London eine große deutsche Gemeinde, auf deren Unterstützung er hoffen dürfe; er sei ja dort ein bekannter Mann, und selbst wenn es seiner Gesundheit nicht förderlich wäre, könne er in dem tröstlichen Gefühl von hinnen gehen, für seine Lieben alles nur Erdenkliche getan zu haben. Nein, nein, ihm die Erfüllung seiner Pflicht zu verwehren, dürfe sie ihm nicht antun.

Dies hatte er, deutlicher noch, seinen Freunden erklärt, die ihn, durch Caroline angestiftet, von seinem Vorhaben abbringen wollten. Böttiger hatte er auf dessen Vorstellungen klipp und klar gesagt, er werde ohnehin binnen eines Jahres tot sein, also wolle er dann wenigstens seine geliebte Familie wohl versorgt zurücklassen. Zu diesem Ende war man stets gelangt, so dass er sich schließlich eingeredet hatte, es werde wohl stimmen. Im tiefsten Inneren aber wusste er es anders.

Gestern, in Calais, hätte er fast aufgeben wollen, als der schreckliche Husten ihn zu ersticken drohte; von Krämpfen geschüttelt, Blut spuckend und seiner Sinne kaum mächtig, hatte er gedacht, das Ende sei nun gekommen. Augenblicklich alles hinwerfen, auf kürzestem Wege zurückeilen und dort im Kreise seiner Lieben gefasst dem nahen Ende entgegensehen, warum hatte er es nicht getan? Nein, er wollte nicht auf das Unvermeidliche warten, Tag für Tag in mitleidsvolle Gesichter blicken, ein Amt nach dem anderen für immer aufgeben, tatenlos herumsitzen, ein verehrungswürdiger, aber schon jenseits von gut und böse stehender, zu Tode kranker Mann, dessen eigentliche Welt, dort wo die Musik regierte und er sie, sich bereits auf den Nachfolger einzurichten begann. Hilflos ins Jenseits hinüberdämmern aus traurigem Siechtum, während die Gedenkreden schon fertig in der Schublade lagen und die Beerdigungsmusik längst ausgesucht war -, so sollte das Ende nicht sein.

Dann lieber fort ins Ungewisse, weg von dem lähmenden Mitleid, das aus allen Augen sprach. Noch einmal hinaus in das Abenteuer eines ganz fremden Landes, zu ganz fremden Menschen, noch ungeahnten, aber erwünschten, betäubenden Schwierigkeiten und Zwängen, sich der Herausforderung des Unbekannten stellen, noch nie gedachte Gedanken denken, das würde der immer bedrückender werdenden Beschäftigung mit der eigenen Physis Zügel anlegen. Ständig herausgefordert sein, Neues entwerfen müssen - das würde, sollte es auch nur für wenige Wochen und Monate noch sein, ihm jene seligen Offenbarungen euphorischen Glücks bescheren, vor denen alles andere als unbedeutend versank. Dies und die Sympathie seines künftigen Publikums würden ihn, wie kurz auch immer, wie ein magisches Elixier mit Leben spendender Kraft durchdringen. Dem Augenblicke würde er sich hingeben, aus ganzer Seele, den heißen Atem des Lebens in sich hineinsaugen, und sollte es ihn auch verzehren.

„Hallo, Herr Kapellmeister, da sind Sie ja endlich", hörte er Fürstenaus fröhliche Stimme hinter sich, „ich habe schon das ganze Schiff nach Ihnen durchforscht. Es ist, Gott sei Dank, bald geschafft, da vorn sieht man schon die weißen Klippen von Dover. Ist Ihnen auch so blümerant?" Flugs begann er sich darüber auszulassen, wie wunderbar es doch sei, dass ein eiserner Kasten wie dieses Fährschiff das Wasser durchpflügen könne, ohne unterzugehen, das grenze an ein Wunder. Wie sehr er die Menschen bestaune, die sich so etwas ausdächten. Da komme man sich als Musiker ganz klein und unwichtig vor.

„Ach, meinen Sie?", blinzelte ihn Weber leicht belustigt an, „das wollen wir doch nicht hoffen. Dann möchte man eigentlich gar nicht in den Himmel hinein, wenn da keine Harmonie mehr ist, sondern nur das Rasseln und Rumpeln von Maschinen. Aber soll es denn doch so kommen, wollen wir alles umso lauter singen lassen, damit der misstönige Radau in die Hölle entfleucht. Wenn wir von uns selbst nichts hielten, wie wollten wir dann den Engländern mit unserer Musik imponieren."

Die Steilküste war jetzt ganz nahe, der Wind hatte sich gelegt. Man konnte schon die Hafeneinfahrt erkennen, noch einige Minuten und die Überfahrt war beendet. Weber unterdrückte

ein Gefühl plötzlicher Beklommenheit, ergriff Fürstenaus
Hände und sagte mit etwas gepresst klingender, doch fester
Stimme: „Nur Mut, mein Lieber, es soll uns schon gelingen.“

* * *

Vor dem Frühstück, zu dem ihn Smart eingeladen hatte, wollte
er noch einen kleinen Spaziergang machen. Von London hatte
er gestern wenig sehen können, nur bei der Fahrt durch die
Vororte eine Ahnung von den immensen Ausmaßen der Stadt
bekommen, vor denen einen das doch nicht gerade unscheinbar
zu nennende Dresden wie anheimelnde Provinz anmutete. Die
Fahrt von Dover mit der Postkutsche hatte sich strapaziös
hingezogen, nur einmal, in Rochester, hatte man zu kurzer
Einkehr in ein Wirtshaus angehalten. Er war sich wie gerädert
vorgekommen, kaum noch fähig, Eindrücke aufzunehmen, und
musste redlich erschöpft ausgesehen haben, als ihn der
Hofkapellmeister endlich auf der Umspannstation empfangen
hatte.

Dann war man samt Gepäck in Smarts Kutsche in die New
Portland Road gefahren, eine kurze Wegstrecke, denn seine
Wohnung lag nördlich der Themse, ganz in der Nähe von
Marylebone und dem Hyde Park, ein idealer Standort, um
schnell zu jedem Ziel im Zentrum zu gelangen. Im Augenblick
wollte er nur die unmittelbare Umgebung erkunden, die
Atmosphäre der Stadt auf Auge, Ohr und Nase wirken lassen, in
die Gesichter der Passanten blicken, die Fassaden der Häuser
betrachten, hinter denen sie miteinander wohnten; das würde
ihm mehr enthüllen als manche gelehrte Abhandlung. Die
Covent Garden Opera und das Drury Lane Theater liefen ihm
nicht davon; dorthin würde man kommen, wenn in zwei Tagen
die Proben für die Konzerte und den *Oberon* begannen.

Der Märzmorgen war kühl und trocken, hinter dem leicht
bedeckten Himmel ließ sich die Sonne ahnen, die Luft war
frisch und der Druck auf der Brust kaum zu spüren. Die nette
Mrs. Hall, welche mit ihrem Manne den Smartschen Haushalt
besorgte, hatte ihn bis auf die Straße gebracht und ihm die

Richtung gewiesen: *Turn left, Sir, and go straight ahead. You can't miss Regent Park.*

Weber sah sich um: Eine schnurgerade Straße, nicht eben breit, mit endlos scheinenden Häuserfluchten, jeder Häuserblock, vier oder fünf Etagen hoch, füllte den ganzen Raum zwischen zwei rechtwinklig einmündenden Nebenstraßen. Er ging bis zum Ende des ersten Blocks und blickte in die Seitenstraße hinunter - dasselbe Bild.

Ein paar Schritte zur Linken öffnete sich eine Tordurchfahrt in einen weiträumigen, rechteckigen Innenhof, von allen Seiten umsäumt von den straßenabgewandten Fronten der fest mit einander verbundenen Häuser. Innerhalb des festungsähnlich anmutenden Raumes herrschte geschäftiges Treiben, aus einer Schmiede klang rhythmischer Hammerschlag, und vor einer benachbarten Werkstatt stand das Skelett einer Kutsche, an der sich einige Männer in langen braunen Schürzen zu schaffen machten. Auf Webers freundliches *Morning* schauten sie verwundert zu ihm auf. Mit seinem eleganten Reisemantel und den polierten Lackschuhen mochte er ihnen wie ein Kunde erscheinen, der vielleicht eine Bestellung aufgeben wollte.

Als Weber unschlüssig zu den oberen Fenstern aufsah, trat ein älterer Handwerker zu ihm heran und fragte, ob er dem gnädigen Herrn helfen könne. Weber hatte schon ein abwehrendes *No, thank you* auf den Lippen, als er sich darauf besann, dass sein Weggefährte, der Flötist Fürstenau, in der Nähe abgestiegen war. So fragte er etwas stotternd, wo denn der deutsche Schlosser Heinke wohne. Der Mann erwiderte etwas, merkte wohl, dass der Fremde ihn nicht verstand, und führte ihn wieder zurück zur Kreuzung, wobei er auf einen der gegenüberliegenden Blöcke wies.

Auf der anderen Straßenseite waren ein Putzmachergeschäft mit einer Kollektion hübscher Hüte und Bänder, mehrere bescheidene Schneiderwerkstätten, ein Laden, aus dem es verführerisch nach Fish and Chips roch, aber auch gehobener Mittelstand war da ansässig: Von einer großen, sauber geputzten Messingtafel prangten die Namen zweier Rechtsanwälte und daneben fand sich, etwas weniger prunkvoll, ein Firmenschild mit der Inschrift J.A. Stumpff, Harpmaker.

An der nächsten Kreuzung hinter einer Druckerei wandte er sich nach links, durchschritt schnell die kurze Strecke bis zur ersten Straßenecke und befand sich plötzlich in einer anderen Welt. Vor ihm lag Portland Place, eine breite Allee, zu beiden Seiten mit hohen, palastähnlichen Gebäuden bestanden, die in gerader Linie zum Regent Park hinführten.

Weber blieb stehen und ließ die Szenerie auf sich wirken. Hinter den prächtigen hellen Fassaden mit ihren hohen Fensterfronten lebten die Leute, die im öffentlichen Leben den Ton angaben und wahrscheinlich auch die Geschicke von Kunst und Musik lenkten, Mitglieder des Hochadels, Diplomaten und andere Würdenträger; hier fuhren die Kutschen vor, die in der nur einige hundert Meter dahinter liegenden New Portland Road gebaut wurden. Alles befand sich nahe beisammen, Paläste und Hinterhöfe, Herren und Gesinde, welches ihnen zu Diensten zu sein hatte, wollte es sein Brot verdienen. Zum Personal, dachte er resigniert, gehörten er und Smart schließlich auch. Wenn dem schon so war, sollten die Herrschaften wenigstens tüchtig dafür bezahlen. Er wandte sich um und schlenderte gemächlich den Portland Place hinunter, bog um eine Ecke und erreichte, vorbei an einer kleinen Kapelle, nach kurzer Weile wieder seinen Ausgangspunkt.

Smart trat ihm schon in der Tür entgegen: Das habe er recht getan, sich vor dem Frühstück noch ein wenig frische Luft zu gönnen, er habe doch hoffentlich gut geschlafen; im zweiten Stock sei man von dem gelegentlichen nächtlichen Lärm der Straße nicht gar so molestiert. Wenn es ihm an irgendetwas mangele, solle er aus seinem Herzen keine Mördergrube machen. Dies alles zu Webers Erleichterung in ordentlichem Deutsch, welches, wenn es auch etwas stockend daherkam, diesen der Mühe enthob, seine ziemlich armseligen Kenntnisse des Englischen vorführen zu müssen. „Es ist alles wundervoll, und ich könnte es gar nicht besser denken", lächelte er Smart strahlend an und rief, indem er impulsiv dessen Hände ergriff, mit fast überschwänglicher Stimme: „Ich weiß es, hier kommt unser *Oberon* zu gutem Ende."

Damit war das Thema angeschlagen, dem man sich nun während des gemeinsamen Frühstücks in Smarts Wohnzimmer widmete. Er habe die Direktion der Covent Garden Opera überzeugen können, dem *Oberon* eine etwas längere als die sonst übliche Probezeit einzuräumen, begann der Kapellmeister, während er seinem Gegenüber eine Tasse Tee einschenkte, denn die Einstudierung eines neuen Werkes - vergewissernder Blick -, noch dazu eines für manchen Sänger ungewohnten, bedürfe der Ruhe und Gelassenheit. Aus diesem Grunde habe er in der Hoffnung auf Webers Einverständnis fünf Wochen vorgesehen.

Man werde am 9. März mit den Proben anfangen, die Premiere sei auf den 12. April angesetzt, das müsste gut zu schaffen sein; in Deutschland ließe man sich sicherlich auch nicht mehr Zeit. Als Weber beifällig nickte, fuhr er schnell fort, die Sänger seien angehalten, ihre Parts mit Probenbeginn zu beherrschen, das Orchester, welches, wie er glaube, den Vergleich mit den kontinentalen nicht zu scheuen brauche, würde nach Einübung der Stimmen mit drei oder vier Sitzungen auskommen.

„Wenn die Musiker ihr Handwerk so trefflich verstehen wie die Leute, die diesen vorzüglichen Tee samt den Spiegeleiern zustande gebracht haben", lachte der Deutsche aufgeräumt in das leicht verdutzte Gesicht seines Gastgebers, „so wird da auch nichts anbrennen, und ich will schon mit dem Kochlöffel tüchtig herumfuhrwerken und wie ein Luchs aufpassen, dass sich alles anständig zusammenrührt." „Do try the marmalade", erwiderte Smart, schnell auf den Ton eingehend. Die echte werde aus Sevilla-Orangen gemacht und sei quasi ein Muss für jedes richtige englische Frühstück.

„Wie sind denn die Sänger?", fragte Weber unvermittelt, „der einzige, von dem ich gehört habe, ist der Tenor Braham. Er soll, wie mir ein Dresdner Freund kürzlich gesagt hat, eine ganz außergewöhnliche Stimme haben." Das sei richtig, entgegnete Smart etwas zögernd, und Braham sei sich dessen auch bewusst; mehr als vielleicht nötig. Er habe bereits jedem, der es hören wolle, ausposaunt, er werde den Meister unverzüglich bitten, einige Änderungen vorzunehmen, und es sei durchaus möglich, dass er noch auf ein paar weiteren Nummern bestehe, die seine Stimme besonders vorteilhaft zur Geltung brächten. So etwas sei in London nicht ungewöhnlich, selbst Händel habe auf

Wunsch seiner Primadonnen zusätzliche Arien komponiert, und der Librettist Planché werde gewiss den einen oder anderen geeigneten Text parat haben.

Er sah Weber an, dass dieser nicht eben begeistert war, und der hielt auch nicht hinter dem Berge: „In Deutschland haben wir das auch, es kommt von der italienischen Oper, wo der Text meistens nur Vorwand für die Musik ist, die Leute allein auf die Arien warten und die Sänger machen, was sie wollen." Die deutsche Oper, wie er sie verstehe, das wolle er freimütig bekennen, sei da durchaus anders, ein Kunstwerk, in welchem die Musik und das Wort wie Bruder und Schwester unzertrennlich miteinander gingen und alle mitwirkenden Protagonisten ohne Ausnahme der Idee des Werkes sich unterzuordnen verpflichtet seien: „ Denn was da auf der Bühne abläuft, soll nicht als bloßer Ohrenschmaus die Sinne betäuben, sondern in das Gemüt der Zuhörer eindringen. Den Sängern beizubringen, dass der *Oberon* alles andere als eine einfältige Nummernoper ist, wird vielleicht schwierig, muss aber unter allen Umständen versucht werden." Doch könne Covent Garden versichert sein, er werde sich vernünftigen Wünschen, wenn sie nicht gegen seine innersten Grundsätze verstießen, durchaus nicht versagen.

Es werde sicher schwierig, erwiderte Smart bedächtig, denn musikdramatische Werke seien nicht gerade im Schwange. Das Publikum von Covent Garden - die Londoner Aristokratie im ersten Rang, der gehobene Mittelstand im Parkett, aber auch die kleineren Leute auf den oberen Rängen - erwartete für sein gutes Geld prächtige, aufwendig in Szene gesetzte Schaustellung: brillanten Gesang und Tanz vor dekorativer Kulisse mit außerordentlichen und wohl dosierten theatralischen Effekten; dahinter trete die so dringend erwünschte psychologische und dramaturgische Stimmigkeit zurück. „Doch werden wir einen Weg finden, ohne zu viele ärgerliche Zugeständnisse zu machen. Sie sehen mich da ganz auf Ihrer Seite."

Die Eintrittskarten verkauften sich übrigens gut, man gehe zunächst von zwölf Vorstellungen aus, welche selbst zu dirigieren sich Weber vertraglich ja auch bereit gefunden habe. Das Interesse sei übrigens erfreulich groß, und außerdem gebe es in London eine bedeutende deutsche Gemeinde, die dieser

Art von Oper, wie man sie vom *Freischütz* her kenne, sehr zugetan sei.

Herr Kemble, welcher sich im Augenblick nicht in London befinde, werde ihn in den nächsten Tagen zu sich nach Hause bitten, um in zwangloser Weise noch über einige Modalitäten des Honorarvertrages zu sprechen. Nein, nein, er brauche sich da keinerlei Sorgen zu machen, es bliebe bei den in Dresden zugesagten fünfhundert Pfund für die Komposition, und die Herstellung des Materials ginge wie alle anderen für die Aufführung erforderlichen Dinge auf Rechnung des Hauses. Auch das Dirigieren werde ihm zusätzlich bezahlt. Dessen dürfe er ihn in Kembles Auftrag versichern. Der Direktor selbst sei im Hinblick auf die zu erwartenden Revenuen zuversichtlich: „Doch neigt er natürlich dazu", dies mit etwas maliziösem Lächeln, „die Dinge vom pekuniären Standpunkt zu sehen. Für ihn ist Covent Garden ein geschäftliches Unternehmen. Nicht gerade wie der Verkauf von Seife oder das Einfangen von Ratten, Sie verstehen,. aber eben ein Geschäft. Er würde sich für töricht halten, sein zahlendes Publikum vor den Kopf zu stoßen."

„Da wir schon einmal beim Gelde sind", unterbrach ihn Weber, „und ein armer und zu Tode kranker Komponist und Familienvater leider auf den schnöden Mammon nur allzu bedacht sein muss, denn mir ist natürlich neben allem anderen daran gelegen, meine liebe Familie auskömmlich versorgt zu hinterlassen, wie könnte ich sonst gefasst in die Grube fahren... Ich meine, sind die Benefizkonzerte für mich arrangiert? Ich will mich hier ja nicht ausruhen, sondern meine wenige Zeit nach bester Kraft nutzen, und denke erst zu Beginn des Sommers wieder nach Hause zu reisen."

Er musste plötzlich husten und hielt sich erschrocken die Serviette vor den Mund. Die hastige Frage, ob er Hilfe brauche, verneinte er mit einer abwehrenden Handbewegung, während ihn der Krampf schüttelte. Bei geöffnetem Fenster begann sich der Anfall langsam zu mildern. „Es ist mir peinlich", lächelte Weber matt, „aber ich habe das in der letzten Zeit öfter mal. Doch keine Angst, wenn ich dirigiere, ist es mir noch nie passiert. Dann habe ich keinen Gedanken dafür."

„Ich kann Ihnen eine Tasse heiße Milch mit Zwiebel und Zucker bringen lassen, das lindert vielleicht", schlug Smart vor. „Nein, nein", mit zaghafter Handbewegung, „machen Sie sich nur keine Mühe, alle Hausmittel sind schon versucht, das schlägt bei mir nicht mehr an. Mir hilft nur noch Arbeit. Und je mehr davon, desto besser."

Ob er mit dem Klavier in seinem Zimmer zufrieden sei. Es sei eben erst gestimmt, und er brauche keine Bedenken zu haben, es zu jeder Tages- oder Nachtzeit zu benutzen; das würde niemanden stören. Notenpapier und alle anderen benötigten Dinge könnten ohne Schwierigkeit beschafft werden. „Sagen Sie es Mr. Hall, er wird das für Sie gern arrangieren. Dies ist ein Haus, wo die Musik regiert, und es soll Ihnen an nichts fehlen."

Dann kam man auf die Benefizkonzerte zu sprechen. Die Argyll Rooms, wo außer in Covent Garden einige Konzerte stattfinden würden, fuhr der Kapellmeister fort, befänden sich in unmittelbarer Nähe und hätten eine ganz exquisite Akustik. Selbst ohne Publikum sei der Nachhall äußerst gering, man höre nichts doppelt wie in St. Paul's, er werde das bei den Orchester-proben selbst feststellen. Den Musikern seien die meisten seiner Kompositionen schon vertraut. Wie in Deutschland besprochen, werde man Nummern aus dem *Freischütz* in den Mittelpunkt stellen. „Das müssen Sie verstehen, das erwarten die Leute hier von Ihnen." Weber und *Freischütz* seien für den hiesigen Musikliebhaber sozusagen ein und dasselbe. Außerdem biete das Konzert ausgezeichnete Gelegenheit, einige der Sänger, die später im *Oberon* mitwirken würden, kennen zu lernen. Er werde ihm bei dieser Gelegenheit auch einen Musikverleger vorstellen, der sich sehr um die Popularisierung des *Freischütz* verdient gemacht habe.

„Das hätte der auch bleiben lassen können", wehrte Weber trocken ab, „alle Welt redet vom *Freischütz*, selbst in Rußland hämmern ihn die besseren Töchter in schlechten Reduktionen in die Klaviere, die Verleger machen sich eine goldene Nase, doch ich sehe von allem kaum einen Groschen; auf die längst fällige Tantieme des Verlegers Livius für die Covent-Garden-Aufführungen werde ich wohl bis zum Sankt-Nimmerleins-Tag warten können. Und an die vielen verhunzten Bearbeitungen des Stückes, welche mit meinen Musiknummern überall die Runde machen, darf ich gar nicht denken, ohne dass es mich graust."

„Können Sie sich vorstellen, wie sehr mir der *Freischütz* allmählich zum Halse heraushängt? Wohin ich komme, *Freischütz, Freischütz, Freischütz.* Ich habe den vor langer Zeit komponiert. Er ist ein treues, zu Herzen gehendes Stück, aber was ich später gemacht habe, ist mir besser geraten. Nehmen Sie die arme *Euryanthe*. Die ist viel farbiger orchestriert, der musikalische Duktus sitzt ganz anders, und auch die Handlung geht mächtig in die Tiefe, aber keiner will das; dabei ist mir das Stück unendlich lieb. Das ist es, was ich jetzt machen kann und will. Doch ginge es nach den Leuten, sollte ich immer nur mein eigenes Museum vorspielen."

Smart, der offenbar von der mit so großem Freimut und deutlicher Emotion vorgebrachten Philippika des Deutschen überrascht war, Peinlichkeit aber nicht aufkommen lassen wollte, fiel Weber, als dieser sich die schweißnasse Stirn betupfte, mit einem beschwichtigenden „nein, nein, überhaupt nicht" ins Wort. Es stehe allein bei ihm, was er in seinen Konzerten vorzustellen gedenke, niemand werde ihm da ernsthaft hineinreden. Doch könne er sich vorstellen, wie sehr enttäuscht ein großer Teil seiner Bewunderer reagieren würde, fielen die so überaus populäre *Freischütz*-Ouvertüre und der beliebte Jägerchor unter den Tisch.

„Verstehen Sie mich recht", lenkte Weber ein, „was da aus mir herausgeplatzt ist, steckt tief in der Seele, und ich sollte es eigentlich für mich behalten. Es ist sonst nicht meine Art, ungeniert mein Herz auszuschütten. Kreiden Sie es einem vom Leben gebeutelten Manne nicht zu schlimm an, wenn er mal die Contenance verliert. Es ärgert einen schon mitunter, dass man nur auf die Welt gekommen sein soll, um den *Freischütz* zu komponieren. Aber so geht es nun einmal zu. Dennoch wird alles so gemacht werden, wie wir es uns vorgenommen haben, und dass ich nun bald die Sänger leibhaftig vor mir sehen werde, erfüllt mich mit großer, glücklicher Vorfreude. Wann, sagten Sie, beginnen die Klavierproben? Übermorgen? Da kann ich mich ja noch fast zwei Tage dem *Oberon* widmen."

Er sah Smart etwas unschlüssig an, als der ihn fragte, ob er im Moment noch etwas für ihn tun könne, begriff, dass es nun wohl Zeit zum Aufbruch war, bedankte sich bei seinem Gastgeber mit dem gewinnendsten Lächeln, zu dem er im Augenblick imstande war, für die Bewirtung, auch dafür, dass alles so trefflich für ihn arrangiert sei und er sich nicht besser aufgehoben fühlen könne. Dann ging er die Treppe hinauf in sein Zimmer. An seine Frau Caroline schrieb er an diesem Abend, er sei mit seiner Unterbringung und den sehr hilfreichen Leuten ganz zufrieden.

Als in der Woche darauf die Proben zum *Oberon* begannen, lag das erste Konzert bereits hinter ihm. Es war ein einziger triumphaler Rausch gewesen. Er selbst inmitten einer hingerissenen Menge, deren Begeisterung keine Grenzen zu finden schien. Niemanden hatte es auf seinem Platz gehalten, sie waren aufgesprungen, jubelten ihm zu, der Sturm der Zuneigung wollte ihn fast hinwegfegen. Weber, Weber, Weber, rief es von allen Seiten, Hände streckten sich ihm entgegen, wollten geschüttelt sein, Blumen regneten von den Galerien, die tiefen Verbeugungen trieben das Blut in die Schläfen, die applaudierende Menge verschwamm zu diffusem Farbengewirr, der Raum begann um ihn zu kreisen. Ihm war, als risse ihn ein rasender Wirbel steil in die Höhe - ein unbeschreibliches, selten so genossenes intensives Gefühl beseligenden Glückes und zugleich die furchtbare Angst, in jähem Umschwung hinabzustürzen, zerschmettert sein Leben zu enden. Wie ein Ertrinkender klammerte er sich an Smarts Schulter, während er den rechten Arm, als wolle er drohende Gefahr abwehren, instinktiv vor die Augen hielt. Es war plötzlich totenstill, jedermann schien dies als Zeichen zu deuten. Weber raffte sich ernüchtert auf, wischte die Vision gleichsam weg und, indem er sich, seine Ergriffenheit zu verbergen suchend, mit fast schüchternem Lächeln tief verbeugte, sagte er leise, doch vernehmlich „Thank you", wandte sich unvermittelt um und trat schnell ans Pult.

Es war alles zu großer Zufriedenheit verlaufen. Das Orchester spielte die *Freischütz*-Ouvertüre hingebungsvoll, vielleicht nicht so glänzend wie seine Dresdner, denen er in langer Übung über die Jahre das Gespür für den besonderen Klang seiner Musik vermittelt hatte. Auch die Gesangsnummern waren makellos vorgetragen. Die Paton, seine Rezia aus dem *Oberon*, besaß einen wunderschönen Sopran, wie man ihn auch in Deutschland nur selten besser hörte, schien jedoch bar jeder romantischen Affinität. Die große sehnsuchtsvolle Arie der Agathe aus dem ersten Akt „Wie nahte mir der Schlummer, bevor ich dich gesehn" sang sie mit ausdrucksvollem Pathos, aber kalt, da war keine Spur der naiv verklärten Innigkeit im „Zu dir wende ich die Hände", durch die erst sich der Gesang einem Wunder gleich zu neuen Sphären emporhebt, alles Irdische hinter sich lässt und den empfindsamen Geist, der mehr als nur Töne hören kann, mit unwiderstehlicher Gewalt in seinen Bann schlägt. Nur die jubelnde Apotheose angesichts des so ängstlich erwarteten Bräutigams, das machte sie ganz vortrefflich.

Von den Männern hatte ihn besonders Braham beeindruckt, sein „Durch die Wälder, durch die Auen", eine Bravourarie, in welcher ein exzellenter Tenor alle Register seiner stimmlichen Fähigkeiten ziehen konnte, war über die Maßen eindrucksvoll gewesen und hatte das Publikum zu wahren Beifallsstürmen hingerissen. Wie würde der erst als Ritter Hüon im *Oberon* auftrumpfen! Als Höhepunkt dann wie immer der äußerst populäre schmissige Jägerchor, nach dem die Dakaporufe nicht enden wollten; viel fehlte nicht, und die Leute hätten in das „Was gleichet auf Erden" fröhlich mit eingestimmt.

Kein Gedanke an die qualvollen Beschwerden, den beklemmenden Druck auf der Brust, die geschwollenen Füße und die hämmernden Schläfen, während er, getragen von der Begeisterung seines Auditoriums, der freundlichen Bereitwilligkeit der Künstler und dem eigenen euphorischen Ungestüm, sich mit hingebungsvoller Vehemenz mühte, Außerordentliches zustande zu bringen. Doch dann hatte es ihn wieder an der Kehle. Als er sich in einer kurzen Pause erschöpft auf einen Stuhl fallen ließ, fehlte ihm plötzlich der Atem, und während er ganz außer sich in Todesangst aufsprang, überfiel ihn ein lauter, quälender Husten, den man auch im Saale hörte. Jemand rief nach einem Arzt, aber da hatte er sich bereits wieder in der Gewalt, stand schon auf dem Podium, hob die Arme und gab den Einsatz zum nächsten Stück.

Auch der Abschluss des Abends war glanzvoll, der Beifall überwältigend, niemand schien nach Hause gehen zu wollen. Zu seinen Ehren wurde ein wahrhaft opulenter Empfang gegeben, auf dem auch Londoner Aristokratie zugegen war. Smart, nach Kräften bemüht, Weber, der niemanden hier kannte, behilflich zu sein, dirigierte ihn zu allen wichtigen Leuten. Namen über Namen, die an seinem Ohr vorbeirauschten, ein paar schmeichelhafte Worte, *enchanting, a real marvel, how charming your German music is*, dazu gnädiges Kopfnicken.

Eine stattliche Dame mit ungewöhnlich wohlklingender Stimme, die Herzogin von Kent, auf die ihn Smart schon zuvor als einflussreiche Liebhaberin und Mäzenin der Musik aufmerksam gemacht hatte, rauschte auf ihn zu: Endlich sei der Maestro aus Deutschland selbst in London, wie wundervoll, einen so bedeutenden Komponisten kennen zu lernen, der die empfindsame Welt mit seinem *Freischütz* so unermeßlich beschenkt habe und auf dessen *Oberon* man bereits so unendlich gespannt sei. Ohne Weber Gelegenheit zu geben, zu Wort zu kommen: Er dürfe es ihr auf keinen Fall abschlagen, auf einer ihrer Soireen zu erscheinen, sie sänge selbst ein wenig und *wouldn't it be wonderful to sing a few songs to your piano accompaniment*. Nein, nein, keinen Dank, sie sei es, die sich geehrt fühle, man werde ihm in den nächsten Tagen ein Billet von ihr überbringen. Sie werde ihm auch etwas gegen seinen Husten schicken. „Niemand soll von uns sagen können, wir hätten Sie hier in London krank werden lassen." Damit segelte sie davon.

Der ältere Herr, der Weber eines Abends in fließendem Deutsch ansprach, als er gerade erschöpft von einem langen Probentag seinen Fuß in das Smartsche Haus setzte, war ihm von Angesicht schon bekannt. Er sei ein Landsmann, der Harfenbauer Stumpff - dies und das Folgende unter einer Reihe angedeuteter Verbeugungen, mit wippendem Oberkörper, welche etwas zugleich Befremdliches wie auch Lustiges hatten, so dass Weber unwillkürlich schmunzeln mußte -, seine Werkstatt befinde sich mehr oder weniger gegenüber, und er würde sich außerordentlich geehrt fühlen, dürfte er einem so bedeutenden Manne seine Instrumente vorführen. „Sie sind der zweite große Meister", rief er emphatisch aus, „"dem ich in meinem Leben zu begegnen die Ehre habe. Herr Beethoven"-großer Augenaufschlag-, „welchen ich einmal das Glück hatte in Wien aufsuchen zu dürfen, hat sich an den neuen technischen Verbesserungen der Harfe sehr interessiert gezeigt."

Man traf sich in der folgenden Woche in Stumpffs Werkstatt. „Belieben Sie, diese etwas näher zu betrachten", sagte der Harfenbauer voller Stolz, indem er zu einem fast fertigen Instrument trippelte und liebevoll über die Saiten streichend ein sanftes Rauschen erzeugte. „Sie lebt schon", flüsterte er mit bedeutsamem Blick, „bald wird sie singen." Dann zupfte er eine weitere Saite an, trat auf eines der Pedale, hob den rechten Zeigefinger und rief: „Ein Halbton tiefer", dann noch einmal: „Jetzt ist es ein ganzer."

„Wir haben die neuen französischen Harfen mit der Pedalrückung auch schon", sagte Weber, „aber ob sie in Dresden gebaut werden, weiß ich nicht. Nur dass man jetzt viel besser für Harfe schreiben kann, das ist gewiss. Der arme Mozart hatte es da noch schwerer; sein schönes Konzert für Flöte und Harfe ist für die einfache Pedalharfe gemacht; da gab es noch keine andere." „Sie müssen nur beim Modulieren aufpassen," wisperte Stumpff verschmitzt, wobei er den rechten Zeigefinger an die Nase legte, „wenn Sie zu schnell von einer Tonart in die andere gehen, braucht Ihre Harfenistin am Ende drei Füße", worauf er, über den eigenen Witz entzückt, in glucksendes Lachen ausbrach.

Weber mochte den lustigen Mann, und man verabredete sich später zu manchem Spaziergange. Stumpff führte ihn zur St.-Pauls-Kathedrale und schleppte ihn die dreihundertelf Stufen auf das Monument, von dessen Galerie er den schönsten Blick auf die Stadt genoss. Auch erfuhr Weber von seinem redseligen Begleiter so etliches über das Londoner Musikleben und die hier ansässige, einige Tausend Seelen zählende deutsche Gemeinde, die überwiegend aus Handwerkern bestand, manche - mit plötzlichem Leidensblick - verachtenswerte Krämerseele darunter, die meisten von ihnen hingegen durchaus bemühte, rechtschaffene Kunstliebhaber. Dies müsse er ihm schon glauben. Doch brächten Auftritte vor großem Publikum wenig. Wer wirklich Geld machen wolle, als Komponist oder Solist, müsse die Gunst des Adels suchen und in den reichen Häusern konzertieren, wo sich alles treffe, was Rang und Namen habe. Dort lohne es zu reüssieren, dort werde mit klingender Münze bezahlt, da - mit blitzenden Augen - könne man es zu einigem bringen. Stumpff war es auch, der ihn von nun an jeden Tag in der Frühe mit einem fröhlichen „Guten Morgen" über die Straße hinweg lauthals begrüßte.

Kemble, der Pächter von Covent Garden, bat ihn ein paar Tage später in seine Wohnung. Weber war nicht besonders aufgelegt, er hatte Fieber, hatte schon einige Nächte nicht mehr richtig geschlafen; die feuchte Märzluft machte ihm zunehmend zu schaffen; am liebsten wäre er im Bett geblieben. Als der Diener ihn in den Salon führte, erhoben sich die beiden Herren, die an einem Tischchen, auf dem einige beschriebene Blätter lagen, wohl schon länger disputiert hatten. Der ältere, in welchem Weber seinen Auftraggeber Kemble erkannte, schritt, kaum dass er des Gastes ansichtig geworden war, mit großer theatralischer Geste, die Arme ausgebreitet und mit einem Lächeln, das plötzlich wie durch Zauberkraft sein ganzes Gesicht überstrahlte, auf den Gast zu.

„Mon cher maître, finalement vous êtes en Londres. Le plus grand compositeur d'opéra dans la plus grande ville du monde!", rief er mit schmetternder Stimme, wobei er seine Hände in der Manier eines huldvollen Souveräns auf Webers Oberarme legte, ihn sich gleichsam in Positur stellte und ihm dabei unverwandt ins Auge sah, als wolle er sich auch nicht die kleinste Regung in dessen Gesicht entgehen lassen. *„Trop d'honneur"*, entgegnete der, etwas überrumpelt, indem er vorsichtig versuchte, sich aus der Umklammerung zu befreien. Doch schon hatte Kemble einen Arm um den jüngeren Mann gelegt, den er nun burschikos heranzog. „Voilà, Monsieur Planché. Der Librettist. Er ist ein glühender Verehrer Ihrer Musik und noch dazu, wie Sie ja bemerkt haben, ein begnadeter Dichter. Den *Freischütz* hat er auch schon übersetzt und mit seinen zweiunddreißig Jahren bereits ein Dutzend Theaterstücke geschrieben. Eines besser als das andere!"

„Da sind Sie fleißiger als ich mit meinen paar Opern", erwiderte Weber trocken, indem er den jungen Mann musterte, der mit seiner stämmigen Figur und den leicht geröteten Wangen einen geradezu unangenehm vor praller Gesundheit strotzenden Eindruck machte. Der verzehrt sich nicht für die Kunst, fuhr es ihm durch den Sinn. Der macht brav, was von ihm erwartet wird.

Er war froh, dass Kembles herzliches Gelächter ihn einer weiteren Bemerkung enthob und dieser schnell zu einem Glas Sherry einlud. Dabei folgten die üblichen Fragen: Ob er alles zu seiner Zufriedenheit vorgefunden habe, wie es denn um die Vorbereitung der Sänger stehe und ob das Einstudieren gut vorangehe. Weber, der das Gefühl hatte, sein Französisch sei allemal so gut wie das seines Gastgebers, wurde nun lockerer, versicherte Kemble, er sei bei dem Hofkapellmeister Smart auf das beste aufgehoben und habe von den ersten Klavierproben mit den Sängern einen günstigen Eindruck, obwohl, wie es ihm scheine, einige Änderungen vorzunehmen seien. Damit war man beim Thema.

„Ich wünschte", begann Weber, sich in seinem Sessel zurücklehnend, so unbefangen er konnte, „ich hätte Monsieur Planché schon sehr viel früher kennen gelernt. Nicht allein, um Ihnen, verehrter Dichter, Komplimente für Ihren schönen Text zu machen, welche dieser ohne jeden Zweifel verdient. Sie haben mir, Lieber, die Arien, Duette, Ensembles und Chöre wirkungsvoll vorgebildet, auch sind die Figuren deutlich genug konturiert und, was mir besonders gefällt, die Kontraste gut gesetzt: das Ernste und Heitere, das Lyrische und Dramatische, ganz wie sich ein Komponist meiner Art dies nur wünscht. Frau von Chézy, die mir die *Euryanthe* gedichtet hat, hätte das nicht besser gekonnt. Sie haben da eine glückliche Hand und Ihrem Komponisten die Arbeit leicht gemacht. Nichts ist entsetzlicher für einen empfindsamen Musiker, als sich mit gräulich spröden oder schwülstigen Texten herumplagen zu müssen und sein Trachten einzig darauf zu richten, das öde Wort sich und seinem Publikum vergessen zu machen. Nein, so ist Ihr Buch beileibe nicht, und Monsieur Kemble hätte gar keine bessere Wahl treffen können."

Die prinzipielle Zustimmung war nun bekundet, vielleicht, ärgerte er sich einen Augenblick, etwas zu überschwänglich, der

Hintergrund für das Aber indessen, auf das der erfahrene Theatermann Kemble, welcher ihn, den Kopf auf die Hand gestützt, unverwandt anblickte, augenscheinlich wartete, abgesteckt. Worum er den Textdichter hätte bitten wollen, fuhr Weber fort, während Kemble ihm ein weiteres Glas einschenkte, sei eine deutliche Zurücknahme der Sprechrollen.

Gewiss sei er nicht gegen das Singspiel; im *Freischütz* gebe es auch gesprochenes Wort, der schwarze Jäger Samiel singe nicht, und dies aus gutem Grund, doch im *Oberon* ginge dies - man möge sein schlechtes Französisch entschuldigen, das ihm hier die rechten Worte verweigere - ihm etwas weit: Titania, eine Hauptfigur neben Oberon, sei sogar völlig stumm, wie viele Möglichkeiten für schöne Duette seien da vergeben, und auch so wichtige Rollen wie Harun al-Raschid, der Kalif von Bagdad, oder der Prinz Babekan bekämen keine einzige Note zu singen, sondern hätten nur tonlose, prosaische Worte vorzubringen. „Was lassen wir uns da entgehen!"

Planché, dem bei den letzten Worten tiefe Röte ins Gesicht gestiegen war und eifrige Entgegnung auf der Zunge zu liegen schien, schnell mit leichter, abwehrender Handbewegung zurückweisend, fügte Weber mit dem Anflug eines mokanten Lächelns hinzu: „So profan das einem Dichter klingen muss, noch dazu wenn er so glücklich jung ist wie Sie, vergessen Sie, cher Monsieur Planché, nicht, dass der arme Komponist auch von seinen Werken zu leben gezwungen ist." Und den leicht herablassenden Ton fast aufgebend: In Deutschland wie auf dem Festlande überhaupt sei die übermäßige Verquickung von gesprochenem und gesungenem Wort in der ernsthaften Oper nicht mehr en vogue. Sie biete, abgesehen von den verschenkten musikalischen Genüssen, auch ihre praktischen Schwierigkeiten: Die meisten exzellenten Sänger könnten nicht wie Schauspieler gesprochenes Wort angemessen artikulieren, und das bringe eine Menge überaus unerwünschter Mittelmäßigkeit ins Spiel. Sprechrollen gar sollten in der seriösen Oper eigentlich nichts zu suchen haben, schließlich handele es sich da um ein Musikwerk und kein Theaterstück.

„Glauben Sie mir, das viele Parlieren gereicht der Verbreitung des Stückes zu entschiedenem Nachteil, und ich werde wohl oder übel für spätere Aufführungen daraus Rezitative machen müssen."

Das war starker Tobak. Einen Augenblick herrschte peinliche Stille. Planché, noch immer hochroten Kopfes und augenscheinlich bereit zu beredter Replik, blickte kurz zu Kemble hin, der sich schon Weber zugewandt hatte. „Sie haben natürlich recht, Maestro", sagte der Operndirektor in beschwichtigendem Ton, wobei er der hübschen silbernen Tabatiere, welche neben ihm auf einem kleinen runden Tischchen stand, langsam eine Prise entnahm, sich umständlich beide Nasenlöcher voll stopfte und wegen der zu erwartenden Wirkung nach einem bereitliegenden Taschentuch griff. „Ich wußte, dass wir darüber sprechen müssten. Ihre Meinung, lieber Herr von Weber, in allen Ehren, aber glauben Sie es einem alten Theatermann, welcher sein Metier zu verstehen meint, hier in England" - nun mußte er mehrmals donnernd niesen und in das Tuch schnäuzen, worauf sich seine Züge zu schöner Heiterkeit verklärten -, „hier in England ist manches sehr anders als auf Ihrer Seite des Kanals. Doch das, da bin ich ganz sicher, kann uns unser junger Freund Planché, den es kaum noch in seinem Sessel hält, ohne allzu große Weitschweifigkeit näher bringen."

Nun war für den Textdichter, welcher wohl wusste, weshalb der Prinzipal das retardierende Ritual inszeniert hatte, das lang ersehnte Stichwort gefallen. Der augenblickliche Geschmack des hiesigen Publikums, begann er mit noch unsicherer Stimme in Webers eingefrorenes Stirnrunzeln hinein, sei, so werde gelegentlich durchaus plausibel behauptet, den Ereignissen der jüngsten Historie geschuldet. Die Schlacht bei Waterloo, nur ein gutes Jahrzehnt her, habe mit Wellingtons Sieg über Napoleon Frankreich als gefährlichsten Konkurrenten in die Schranken gewiesen. Jedermann hier fühle, Großbritannien stehe an einem Wendepunkt seiner Geschichte, der Weg zur Weltmacht sei frei. Dies habe bereits zum Beginn eines gewaltigen wirtschaftlichen Aufschwungs geführt - London habe sich für jeden sichtbar in den letzten Jahren zur Hauptstadt eines die Weltmeere beherrschenden Imperiums entwickelt, dem Paroli zu bieten nichts imstande sei. *Britannia ruling the waves, you know*, fiel er plötzlich ins Englische.

Das Selbstbewusstsein seiner britischen Landsleute sei - bedenklich oder auch nicht - ins Unermessliche gestiegen. Reichtum und Macht der Aristokratie auf nie da gewesener Höhe. Aber auch die mittleren und unteren Stände voller patriotischer Begeisterung. Das sei natürlich auf den kulturellen Geschmack nicht ohne Wirkung geblieben. Jetzt wolle man große, repräsentative Oper mit brillanten Arien und Ensembles, wuchtigen Chören und imposanten Ballettnummern und Sujets, die einem die Welt oder wie man sie sich vorstellen wollte ins heimische Theater brächten; sie scheine ja nun - und selbst die gewöhnliche Masse der Theaterbesucher identifiziere sich da mit den gehobenen Schichten - dem mächtigen Britannien zu Füßen zu liegen. Die Welt als eindrucksvolles exotisches Panorama, das wollten die Leute zur Stärkung des eigenen Selbstgefühls vorgeführt bekommen. Deshalb sei ihm die Entscheidung leicht gefallen, Wielands schönen *Oberon* für die musikalische Bühne zu bearbeiten.

„Das umso mehr", mischte sich Kemble beifällig nickend ein, „als Titania und Oberon seit Shakespeares *A Midsummer Night's Dream* fest in der englischen Kultur verwurzelt sind. Das kennt jeder, der ins Theater kommt, das wollen die Leute sehen und hören. Dazu eine allseits bekannte deutsche Vorlage und ein berühmter deutscher Compositeur. Was für eine wahrhaft geniale Mischung! Besser hätte es sich unser junger Freund gar nicht ausdenken können. Das nenne ich Gespür für Erfolg!"

„Ach so", räusperte sich Weber, der Mühe hatte, einen Hustenanfall zu unterdrücken, aber doch noch zu einem säuerlichen Lächeln fand: „Wenn das so ist, dann werde ich meine Rezitative eben für Länder machen, die nicht so mächtig und mehr auf die Musik aus sind."

Planchés Miene verhehlte nicht, wie deplatziert ihm Webers bissige Bemerkung schien, doch Kemble, gewillt, den schwierigen Deutschen nicht zu verstimmen, nahm das Heft sofort ungerührt in die Hand. „Ich bin sicher, das Werk wird mit oder ohne Rezitative reüssieren, die Leute wollen hier konzise Musiknummern, wohlklingenden Gesang, großes Ballett auf prächtig arrangierter Bühne; alles das bietet unser Stück im Überfluss. Wenn Sie, Maestro, woran ich nicht zweifle, es mit der richtigen Verve dirigieren, wird es das ganze Haus gewiss gehörig enthusiasmieren. Und das muss es auch, meine Herren, denn wer von uns allen", wieder mit dröhnendem Lachen dem immer noch sichtbar verdrießlich dreinblickenden Weber zugewandt, „hätte schon von einer Pleite was."

Anfang April verschlechterte sich das Wetter. Die kühlen, aber sonnigen Märztage waren nasskalter Düsternis gewichen. Bleiern lag der dichte, sich mit dem Rauch aus Tausenden Schornsteinen mischende Nebel über der Stadt und hüllte sie ein wie ein Leichentuch. Der Flötist Fürstenau fand Weber, als er ihm eines Abends einen Besuch in seinem Logis machte, erschöpft und apathisch auf dem Kanapee liegend, auf dem Tisch ein angefangener Brief an seine Caroline: „...Heute ist ein Tag zum Totschießen, ein solcher dunkelgelber Nebel, dass man kaum im Zimmer ohne Licht bestehen kann. Die Sonne ist ohne Strahlen, wie ein roter Punkt im Nebel, es ist ordentlich schauerlich."

Mit matter Stimme verneinte er Fürstenaus Frage, ob er sich mit den kräftezehrenden *Oberon*-Proben nicht zu viel zumute; es sei das Klima, das ihm doch - nach Luft ringend - mehr zu schaffen mache als erwartet. Wenn Weber noch keinen Arzt konsultiert habe, könne er Doktor Kind alarmieren – „Sie wissen doch, den Neffen Ihres *Freischütz*-Librettisten" -, er wohne ganz in der Nähe und würde sicher sofort kommen. Weber, mit müder Handbewegung abwehrend, ihm sei nicht mehr zu helfen, alles Herumkurieren fruchtlos: „Ich bin eine zusammengerüttelte Maschine. Gott, wenn sie nur zusammenhielte, bis ich Lina und die Buben wieder umarmt hätte." In einem plötzlichen Impuls ergriff er Fürstenaus Hand und sagte mit tonloser Stimme in die Dunkelheit: „Ob ich hier sterben soll?" Nach kurzer Weile, schon gefasster: „Machen Sie nur Licht, lieber Fürstenau. Es ist die düstere Einsamkeit, die einem den Lebensmut raubt. Wie schön, dass Sie gekommen sind; ich fühle mich gleich viel besser. Erzählen Sie von sich. Kommen Sie gut zurecht?"

Es sei nicht eben übermäßig, begann der Flötist zögernd, während er die Kerze anzündete und Mühe hatte, sein Erschrecken über Webers eingefallenes Gesicht zu verbergen, welcher ihm mit geschlossenen Augen zuhörte. Er gebe

Solosoireen in adligen Häusern, wo er von Smart eingeführt sei, führe gelegentlich mit anderen Kollegen Kammermusiken auf, ebenso gängige Bearbeitungen von größeren Orchesterwerken, Mozart, Gluck, Haydn und natürlich auch Carl Maria von Weber.

Der Pianist, mit dem er des Öfteren Flötensonaten vortrage, habe gerade erst gestern die *Aufforderung zum Tanz* auf einer Matinee in den Argyll Rooms gespielt.

„Sie hätten, Meister, Ihre Freude an der schwungvollen Eleganz gehabt, mit der er die wunderschönen perlenden Läufe bewältigte. Und die Leute, die hätten Sie sehen sollen, die waren vor lauter Begeisterung ganz außer Rand und Band."

"Waren es viele?" "Mehr als hundert schon."

"Können Sie ein paar Schilling beiseite legen?"

Die Einkünfte seien leider mäßig, er hätte von der Musikstadt London mehr erhofft. Doch wolle er nicht klagen, Land und Leute, die Sprache.. Man werde zu Hause viel zu erzählen haben und ewig währe es ja nicht. Vorerst nutze er die Zeit, um sein Repertoire zu erweitern. Spohr stehe da auf der Liste ganz oben. Der erfreue sich seit seinen triumphalen Auftritten vor einigen Jahren noch immer großer Beliebtheit in London, und natürlich der Italiener Rossini: "Der muss hier bedeutenden Eindruck gemacht haben."

„Rossini", sagte Weber nachdenklich, „macht überall bedeutenden Eindruck; das geht schon ein paar Jahre so, und es sei ihm gegönnt. Er ist ein überaus liebenswürdiger Mensch, und so ist auch seine Musik. Leicht, beschwingt und erquickend. Von selten erlesenem Geschmack. Und gut gemacht dazu. Viel Schönes darin für die Flöte. Das muß doch einem Virtuosen wie Ihnen zupass kommen."

Fürstenau nach einigem Zögern: „Aber Rossini rührt die Seele nicht. Im Vergleich zu Ihnen klingt er nur elegant, lässt die Musiker zeigen, was sie können, hat wenig Tiefe. Das genießt man auch ohne innere Teilnahme, das kommt nicht zu nahe und will nicht von einem Besitz ergreifen."

„Muss es das? Genügt es nicht, wenn der Diamant funkelt? Wollen Sie immer ergriffen sein?"

Die Stimme versagte ihm, eine Weile lag er ganz still, und Fürstenau glaubte schon, er sei eingeschlafen. Dann plötzlich, sich gleichsam überwindend, fast tonlos: "Ich kann das nicht machen, wie gut es auf seine Weise auch ist und wie sehr es bei allen und jedem gefällt. Und ich will es auch nicht. Ich bin eben eine moralische Haut. Ein redlicher Deutscher. Wie Gluck, selbst wenn eine ganze Menge Leute das heute für degoutant halten." Und mit sichtlicher Anstrengung, mühsam und stoßweise atmend: "Neulich hat einer auf einer Soiree posaunt, Gefühle seien eine Sache für den kleinen Mann, der zu dumm sei, seinen Verstand zu gebrauchen, und es nie lernen werde, sich zu beherrschen. Der wahrhaft Gebildete empfinde jede Art von gewollter emotionaler Anrührung als eine Art peinlicher Aufdringlichkeit."

Ein würgender Husten hatte ihn bei den letzten Worten gepackt, er presste das Taschentuch vor den Mund, Krämpfe schüttelten den ganzen Körper, als wäre es ein epileptischer Anfall. Er geriet außer sich, ruderte wie ein in einen erstickenden Strudel hinab gerissener Ertrinkender, gleichsam Wasser in Nase und Lunge, nichts mehr um sich wahrnehmend, im verzweifelten Kampf um Leben und Tod wie von Sinnen mit den Armen, das Gesicht vor Entsetzen verzerrt. Fürstenau war aufgesprungen, wollte beistehen, Beklommenheit in Aktion verwandeln, wusste nicht wie, lief, das Fenster aufzureißen.

„Merkwürdig", sagte Weber, als der Anfall vorüber war, mit wieder klarer Stimme, „immer wenn ich Blut spucke, wird mir besser". Dann, sich den Schweiß von der Stirn tupfend, die physische Bedrängnis wie einen als peinlich empfundenen Zustand scheinbar couragiert von sich wegschiebend: „Nein, nein, lieber Fürstenau, wie sollte mich solches aufregen. Lassen Sie mich zu Ende kommen. Das ganze Gerede über meine Musik ist mir längst bekannt. Da brauchen Sie nur unseren hochnäsigen Grafen Lüttichau zu hören, den mir der Dresdener Hof als neuen Theaterdirektor vor die Nase gesetzt hat. Der langweilige Morlacchi gilt dem viel mehr - als Komponist und als Dirigent. In dessen Augen bin ich ein Mann fürs Volk und nicht für den feineren Geschmack. Und das muss ich mir ins

Gesicht sagen lassen. Ginge es nach dem und seinesgleichen, würde man nur noch Italienisches bringen."

Nun sei er aber erschöpft und wolle ein bisschen schlafen. Nur solle ihm Fürstenau ruhig den Doktor Kind schicken. Wenn der ihm gewiss auch nicht helfen könne, so freue er sich doch herzlich über jeden Menschen, mit dem sich Deutsch reden und über gemeinsame Bekannte plaudern ließe.

Durch die bis zur Uraufführung des *Oberon* noch verbleibenden Tage quälte er sich unter Aufbietung aller Kräfte, wobei er sich verbot, den Unzulänglichkeiten zu viel Raum im eigenen Denken zu geben. Diese waren nicht zu ändern, und in den wenigen verbleibenden Tagen kam es nun darauf an, das Beste aus dem Vorhandenen zu machen. Und das wollte er tun. Was nützte es, sich zu grämen. Allmählich nahm das Werk Konturen an, wurde aus nebelhafter Vorstellung zu Fleisch und Blut - ein Vorgang, der ihn immer wieder gefangen nahm, seine Phantasie beflügelte und ihn euphorisch ergriff, Augenblicke verzückten Glücks bescherte, in denen die bedrückenden physischen Beschwerden wie weggewischt waren und er mit charismatischer Suggestivität Begeisterung auf Musiker und Sänger übertragen konnte. Dann folgten als beinahe nur lästiger Zwang empfundene Ruhepausen, wo er am ganzen Leibe zitternd, schweißnass und mit geschwollenen Beinen dalag, keines Wortes fähig, sich die bedrückende physische Schwäche mit der psychischen mischte, er voller selbstquälerischer Zweifel an der eigenen Musik fast den Verstand zu verlieren drohte.

Weil er fühlte, wie es mit seiner Gesundheit rapid bergab ging, war er dankbar, dass Doktor Kind ihn regelmäßig des Abends aufsuchte, um ihn zu behandeln. Seine Ermahnungen, er solle sich unbedingt schonen, hatte Weber mit Entschiedenheit von sich gewiesen. Noch müsse er die letzten Proben beenden: „Wenn ich jetzt schlappmache, war alles umsonst, und ob ich mich noch einmal aufraffe, liege ich erst darnieder, weiß nur der Himmel." Auch seien noch ein paar Sachen für den *Oberon* zu schreiben, der Tenor Braham habe sich einige Glanznummern gewünscht, die seine Stimme voll zur Geltung brächten, und wie sehr ihm das auch gegen den Strich gehe, müsse dem aber aus Rücksicht auf das Publikum leider stattgegeben werden. Auch sei an die Ouvertüre noch letzte Hand zu legen - er könne sich also gar keine Schwachheit leisten, und der liebe Gott werde das auch einsehen.

Man hatte sich schließlich darauf geeinigt, erst nach den zwölf Aufführungen der Oper, zu deren Leitung er vertraglich verpflichtet war, mit tiefer gehender Behandlung zu beginnen. „Ich kann es ohnehin nur lindern, nicht bessern", sagte Kind mit bekümmerter. Miene. „Es ist auch nicht der Husten, der mir Sorge macht; das ist nur sekundär, die Schwindsucht durchlöchert die Lunge - man hört das deutlich beim Auskultieren, das Blut bekommt nicht genug Sauerstoff, und der Organismus wird immer schwächer", dozierte er dann. „Wenn Sie Ihre Familie noch einmal in die Arme schließen wollen, müssen Sie sich schonen, wann immer Sie es können. Noch sind Sie nicht moribund, also versuchen wir unser Bestes."

Kind verordnete ihm Inhalationen mit Blausäure. Ein heikles Mittel, das sehr giftig sei und nur im Beisein des Arztes eingenommen werden sollte. Man könne es verordnen, wenn nichts anderes mehr helfen wolle, es unterdrücke vielleicht die schlimmsten Beschwerden für eine Weile. „Hüten Sie sich unbedingt vor Erkältungen und vermeiden Sie alles, was in irgendeiner Form reizen könnte. Aber trinken Sie ruhig ein Gläschen Port, das kann nicht schaden - und machen Sie um alle Aufregungen einen großen Bogen."

Durch die letzten beiden Probenwochen kam er mit äußerster Anstrengung aller Kräfte. Wenn er morgens nach bleiernem Schlaf aufwachte, glaubte er nicht, vor das Orchester treten und den ganzen Tag auf den Beinen bleiben zu können. Die waren seit kurzem so außer Fasson, dass er nur noch mit Mühe in die Schuhe kam, und die Stimme versagte immer öfter. Seiner Frau Caroline schrieb er davon nichts, sondern mühte sich, unbefangen zu scheinen, ihr das Gefühl zu suggerieren, es sei alles mehr oder minder gewohntes alltägliches Geschäft und in wenigen Wochen vorüber. Neben den Proben waren noch Konzerte zu geben, Empfänge der Londoner Aristokratie zu besuchen, wo er für gutes Honorar, auf das er trotz aller Quälerei nicht verzichten wollte, eigene Werke auf dem Klavier vortrug, und schließlich noch einige Nummern für den *Oberon* zu komponieren, was sich buchstäblich bis zum letzten Tag vor der Premiere hinzog.

Er wunderte sich immer wieder selbst, wie er das alles zuwege brachte, so elend er sich auch fühlen mochte. Kaum hatte er den Taktstock ergriffen, war die Krankheit gleichsam gebannt. Abends, wenn die Spannung gewichen war, brach er in würgender Erschöpfung zusammen und wurde von Freunden mühsam in sein Zimmer geschleppt. Kind kam jetzt regelmäßig jeden Tag und beaufsichtigte mit minutiöser Genauigkeit die lindernden Blausäureinhalationen. Doch wollte Weber von Ruhe und Schonung nichts wissen: „Jegliches Innehalten brächte mich flugs auf das Totenbett!"

Die Premiere des *Oberon* war glanzvoll und ein wahres Lebenselixier. Die gespannte, knisternde Stille, die ihn beklommen machte, als er den Orchestergraben der Covent Garden Opera betrat, wich lautem, erlösendem Jubel, nachdem ihn das Publikum am Dirigentenpult entdeckt hatte. Wieder erhoben sich die Leute von den Plätzen und feierten ihn mit Ovationen, tilgte euphorische Hochstimmung jegliches Gefühl lähmender Angst gänzlich aus.

Die entspannte Heiterkeit des Auditoriums übertrug sich auch auf die Musiker, als man nun mit der Ouvertüre begann. Wie aus weiter, dämmriger Ferne beschwor der Klang von Oberons Zauberhorn die geheimnisvolle Märchenwelt zu einer idyllischen Streichermelodie, gefolgt von schwärmerischen Cellopassagen, die er Mühe hatte zu dämpfen - dann der plötzliche Paukenschlag. Der machte so viel Effekt, dass er zu fühlen meinte, wie das in trügerischer Sicherheit befangene Publikum erschrocken zusammenfuhr. Nun malte die Musik die Irrfahrten und Prüfungen der Helden, zuckten die schmetternden Töne der hellen Blechbläser wie grelle Blitze, dröhnten die Pauken den Donner dazu, bis hin zu den hitzigen Crescendi gegen Ende des Stücks, bei denen das fiebernde Hingerissensein gleichsam auf jeden Orchestermusiker übertragen werden musste, sollte die Wirkung angemessen sein. Ganz glücken wollte das nicht, noch schwang sich die Musik nicht ledig aller Fesseln triumphierend empor, noch klebten die Musiker zu ängstlich an ihren Noten - aber, so war zu hoffen, in den späteren Aufführungen, wenn sich die Anspannung aller Beteiligten lockerte, mochte der erwünschte Effekt durchaus eintreten.

Vielleicht aber auch nicht. Sicher war einer da nie. Es war schon ein besonderes Glück, wenn man die eigene Musik so zu hören bekam, dass nichts mehr auszusetzen blieb; meist überwog das Gefühl, es sei nur ein Bruchteil dessen, was wirklich in der Partitur stand, so fleißig sich die Musiker auch mühten, die Noten in Töne umzuwandeln. Doch fürs Erste geriet es heute ganz ordentlich. Er bemühte sich, ein heiteres Gesicht zu machen, und vermittelte mit einer kleinen freundlichen Geste den Musikern am Schluss aufmunternde Anerkennung.

Danach war an den Beginn des ersten Aktes noch lange nicht zu denken, denn die stürmischen Dakaporufe mussten befolgt werden. Was für ein schöner Beginn! Dies würde sich wohl den ganzen Abend hindurch fortsetzen, ahnte der Komponist, und, hatte man Glück, auch die textlichen Durststrecken überspielen - also hieß es, mit der Kraft hauszuhalten.

Der Vorhang ging auf, das hübsche Bühnenbild, mit üppigen Dekorationen Oberons Zauberreich sinnenfreudig zur Schau stellend, erntete - wie wohl zu erwarten, denn Kemble hatte schon Recht, die Leute liebten hier ganz augenscheinlich mehr als vielleicht anderswo prachtvolle, üppige Schaustellungen — hingerissene Zustimmung; auch während des einleitenden Chores der Oberons Schlummer behütenden Feen vernahm man im Publikum manches entzückte „Ah". Als kühner Ritter Hüon von Burgund, dem Oberon seine schlimmen Prüfungen auferlegt, damit er unverbrüchliche Liebe zu Rezia, der schönen im Harem Harun al-Raschids schmachtenden Sklavin, beweisen kann, wurde Braham, der erklärte Liebling des Publikums von Covent Garden, mit Bravorufen empfangen. Wer noch den geringsten Zweifel haben mochte, der stimmgewaltige, vor Kraft nur so strotzende Held werde seiner schweren Aufgabe unter-liegen und Titania damit dem Beherrscher der Geister für immer verloren bleiben, sah sich flugs eines Besseren belehrt.

Die große Bravourarie *From boyhood trained in tented field* bewies tenorale Entschlossenheit, das gespannte Publikum um wirklich jeden Preis auf seine Kosten kommen zu lassen, erfüllte den

Raum mit schmetterndem Wohlklang, der Webers Bronchien zu irritierendem Kribbeln brachte, und löste am glücklichen Ende einen Widerhall aus, in dem dessen neuerlicher Hustenanfall ungehört unterging. Als er, sich wieder aufraffend, den Kopf wandte, fühlte er Smarts besorgten Blick auf sich, welcher, ganz dicht neben ihm plaziert, bereit war, im äußersten Falle dirigierend einzuspringen, doch da hatte Braham dem Beifall bereits mit königlicher Geste - wie er die eitlen Allüren des protzigen Kerls hasste - Einhalt geboten, sich in Positur gestellt, und Weber gab den Einsatz zur Wiederholung.

Rezias sehnsuchtsvolle Vision vom nahenden Befreier aus der Gewalt des Kalifen machte in der nächsten Szene dagegen weniger Eindruck. Weber hätte das voraussagen können: Die Paton war nun einmal keine empfindsame Agathe, das lag ihrer Stimme nicht; sie war eine Hochdramatische und kein lyrischer Sopran. Das folgende kurze Duettino mit ihrer Vertrauten Fatime verlangte mit seiner hübschen Melodie nur kantablen Schmelz, das ging leicht in jedermanns Ohr, und der feurige Janitscharenchor mit dem sich darüber erhebenden jubelnden Solo Rezias sorgte für einen effektvollen Schluss des ersten Aktes.

In der Pause suchte ihn Kemble in seiner Garderobe auf, wo Weber ohne Schuhe, die geschwollenen Füße auf einen Stuhl gelegt, in einem Sessel ausruhte. „Maestro, was für ein Abend!", rief er überschwänglich, „ *congratulations*. Ich habe es gewusst. Die Leute lieben Sie."

„Hoffentlich bleibt das so"", war die trockene Antwort, „der erste Akt ist noch am besten gebaut und weckt manche Hoffnung. Mir ist das auch so gegangen. Danach kommt eine Menge ungereimtes Zeug. Aber die Musiker sind brav bei der Sache, und ich habe bis jetzt Grund, zufrieden zu sein."

Die Dramaturgie des zweiten Aktes hatte ihm stets Unbehagen verursacht, er kam einem vor wie aus einer Oper des Meisters Händel: die Handlung gleichsam nur vordergründiger Vorwand für eingestreute musikalische Nummern. Als er das bei Planché einmal beanstandet hatte, war von dem nur die Antwort gekommen, das Sujet sei allein als die Schnur gedacht, auf welcher der Komponist seine musikalischen Perlen aufreihen könne. Und damit hatte der sogar leider Recht.

So verfolgte er nun voll peinigender Ungeduld den nach einem kurzen Huldigungschor für den Kalifen gesprochenen Dialog, der das Publikum umständlich über die Absicht des Prinzen Babekan aufklärt, sich mit der schönen Rezia zu vermählen. Statt erwünschter dramatischer Aktion wurden Tumult und Flucht der Helden nach dem Zusammentreffen Rezias und Hüons nur von dem als Erzähler fungierenden Droll berichtet, worauf ein erneuter Dialog zwischen dem komischen Paar, Hüons Knappen und Rezias Vertrauter Fatime, fällig war. Er mochte kaum hinsehen, wie der tüchtige Intendant Fawcett, der den Knappen gab, sich ungelenk mit dem Mädchen abmühte, und wäre angesichts all der unfreiwilligen Komik am liebsten im Boden versunken.

Fatimes Ariette *A lonely Arab maid,* von der munteren Altistin Vestris, der einzigen übrigens, bei der man von schauspielerischem Talent reden mochte, anmutig vorgetragen und freundlich aufgenommen, kam ihm wie eine Erlösung vor. Es war eine der wenigen Nummern, wo ihm das Libretto Gelegenheit bot, Sentiment zu zeigen, und er hätte sich weiß Gott mehr solcher Stellen gewünscht, um seine stärksten lyrischen Trümpfe auszuspielen. Auch das großartige Quartett *Over the dark blue waters, over the wide wide sea,* in welchem die Helden den Entschluss verkünden, mit ihrem Schifflein zu entfliehen, versöhnte ihn wieder ein bisschen mit sich selber und wurde gebührend gefeiert.

Der nun einsetzende Sturm, von Puck heraufbeschworen, das Boot der Flüchtigen auf die Klippen zu werfen, hatte ihn zu einer fulminanten tonmalerischen Musik inspiriert, welche ihn auch jetzt beim Dirigieren selbst mitriss, doch ob die Leute sie würdigen konnten, war zu bezweifeln. Was die faszinierte, waren wieder die mit hingebungsvoller technischer Kunstfertigkeit erzeugten schaurigen Bühneneffekte, welche mit der wahrhaft phänomenalen Theatermaschinerie des Hauses auf das Gewagteste umgingen: Da heulte der Wind, die Blitze zuckten, der Donner grollte, und ein Schiff zerbarst krachend am Meeresgestade - das musste selbst für die an manche Attraktion gewöhnte Londoner Operngemeinde ein atemberaubendes Spektakel abgeben. Keine Wolfsschlucht, wie er sie in Dresden viele Male erlebt hatte, konnte dem Paroli bieten. Weber selbst musste sich aber auch eingestehen, dass die musikalisch viel braver ausgefallen war.

Hüons anschließendes Gebet *Ruler of this awful hour* war dagegen wenig nach seinem Geschmack; er hatte es auf Brahams Wunsch in letzter Minute eingefügt, es kam ihm, je öfter er es hörte, trivial und abgeschmackt vor, war gängige Münze - schließlich bot in der Oper jede Rettung Anlass, dem lieben Gott zu danken. Auch hielt es sich notgedrungen gesanglich in Grenzen: kein hohes C oder B, bei dem der Endvierziger, dessen Stimme mit den Jahren wohl etwas in die Tiefe gerutscht war, schon Mühe hatte; G hatte er eigentlich als höchstes der Gefühle am liebsten, doch bis zum A ging es noch ganz leidlich, sogar zweimal hintereinander, wenn es Not tat.

Ganz anders die große Ozean-Arie der Rezia, als weiträumiges Naturgemälde angelegt mit wechselvollen musikalischen Stimmungen, so recht nach seinem Gusto. Wie die Paton mit *Ocean! Thou mighty monster* die übermächtige Naturgewalt der tosenden Elemente, gegen das dicht instrumentierte Orchester ansingend, beschwor, angesichts derer sich der eigenen Ohnmacht schaudernd bewusst wird, wonach mit dem Lichtstrahl, der die trostlose Finsternis durchdringt, die Hoffnung zaghaft wiederkehrt und die Arie in dem befreienden *And now the sun bursts forth* ihren vorläufigen Höhepunkt findet - wie sie das über die Rampe brachte, ließ sich schon hören und die Qualen vergessen, die er ausgestanden hatte, es ihr einzubläuen. Majestätisch breitet sich nun das Meer, die Wogen glätten sich und durch den verzagten Zweifel bricht triumphierende Freude: Ein auf den Wellen tanzendes Schiff verheißt glückliche Rettung; auch das machte sie zu seiner Erleichterung zum ersten Mal wirklich gut. Er nickte ihr anerkennend zu und ließ ihr gehörig Zeit, die donnernden Ovationen mit prachtvoll studierten Knicksen genießerisch entgegenzunehmen.

Rezias Verschleppung durch die Piraten war dramaturgisch unglücklich; gleich nach der Arie wird sie von ihren vermeintlichen Rettern ergriffen und, wie von Droll berichtet, in die

Sklaverei verschleppt. Dies alles in Sekundenschnelle, denn schon naht Oberon in seinem Nachen. Weber hatte nur kurze Muße, die Sprechpassage war diesmal konzis; jetzt kam das Finale des zweiten Aktes, dem er mit einiger Unruhe entgegenbangte.

Die Einstudierung war schwierig gewesen, war doch das nun von allen Seiten auf die geräumige Bühne drängende Geisterreich Oberons als üppiges Tableau mit großem Ballett konzipiert: Überall tanzten anmutige Nymphen, Sylphiden, Elfen, Kobolde und Feen graziös zum wiegenden, entrückten Gesang der beiden Meermädchen. Da das Ballett mit seiner ausladenden Choreographie den ganzen riesigen Bühnenraum beanspruchte, war man in nicht geringer Verlegenheit gewesen, wo um alles in der Welt die beiden Sängerinnen, ungestört von den herumtollenden Fabelwesen und ohne wiederum diese in ihrem raumgreifenden Treiben zu behindern, postiert werden konnten.

Die ursprüngliche Idee, sie schlichtweg auf die Hinterbühne zu eskamotieren, hatte sich als nicht praktikabel erwiesen. Da war die Akustik, wie gar nicht anders zu erwarten, so miserabel, dass die beiden hübschen jungen Mädchen - schade, dass man sie in ihren duftig wallenden Gewändern beim Singen nicht auch noch betrachten konnte - die Musiker nur bei äußerstem Fortissimo zu hören imstande gewesen wären. Auf den Proben war es nach vielen Mühen fast zum Eklat gekommen, denn beide lehnten es rundheraus ab, ohne Kontakt zu Dirigent und Orchester auch nur einen einzigen Ton von sich zu geben. Weber, der die Orchesterproben in der Regel nicht selbst dirigierte, war, um die schönen Soli vor Streichung zu retten, kurz entschlossen und mit geradezu jugendlichem Elan in den Orchestergraben gesprungen, ans Pult getreten, hatte mit ihnen die Einsätze gründlich geprobt und den Takt so unentwegt markant geschlagen, dass es schließlich klappte.

So atmete er erleichtert auf, als das herrliche *Oh! 't is pleasant to float on the sea* unter atemloser Anteilnahme des Hauses endlich verklungen war, Oberon, Puck und das ganze Gefolge in den Gesang einstimmten und die Musik zu dem nun in das schimmernde Licht zahlloser Blüten getauchten Geisterreich sanft zu ihrem Ende kam.

Dann herrschte einen Augenblick Totenstille. Doch während sich Weber erschöpft das schweißnasse Gesicht abtupfte, Sänger und Tänzer noch wie erstarrt auf der Bühne verweilten und sich der Vorhang langsam senkte, brach hinter ihm unbeschreiblicher Jubel los, brauste sein Name ihm in den Ohren. Kaum seiner Sinne mächtig, verneigte er sich blind nach allen Seiten und taumelte schließlich auf Füßen, die ihm den Dienst versagen wollten, aus dem Orchestergraben.

Nach der Pause, in der Smart ihm einen Schwall von Verehrern vom Leibe hielt und sich weder Kemble noch Planché glücklicherweise blicken ließen, fühlte er sich leidlich besser. Die Hauptschlacht war geschlagen, das Publikum enthusiastisch; fast wunderte ihn das Ausbleiben sonst üblicher lautstarker Proteste und Zwischenrufe.

Der dritte Akt hatte wenig heikle Stellen. Die von ihm immer wieder monierten ausgedehnten Passagen, in denen kaum belangvoller, allein für das Verständnis der Handlung nötiger Text gesprochen wurde, hatten heute ihr Gutes, ließen sie ihm doch ab und zu kurze Atempausen. Das wenig glückliche Libretto gehörte zu den Dingen, mit denen er sich abfinden musste, das hatte er schon zu Hause in Dresden gewusst. Doch alles umzukrempeln hatte sich in der knapp bemessenen Zeit verboten, hätte wohl wie jede hartnäckige Kritik seine Auftraggeber allein düpiert. Was der dritte Akt an Unzulänglichkeiten bot, ging schon über das Erträgliche hinaus, er würde das für spätere Aufführungen in Deutschland auf jeden Fall ändern. Als er Kemble mit kaum unterdrückter Wut angefahren hatte, es sei ein fast reiner Theaterakt mit ein paar eingestreuten Musiknummern, hatte der, wie es seine Art war, Öl auf die Wogen gegossen: „Vertrauen Sie der Faszination des Theaters, Maestro; Kostüme, Bühneneffekte, Orchester, Gesang - *ce sera un spectacle glorieux. It's just what the Londoners are after.*" Die kein Ende nehmen wollende dahergeredete Expositionsodyssee, dem Knappen Scherasmin und seiner munteren Fatime in den Mund gelegt, war vorüber. Das Publikum wusste nun, dass beide zwar von den Seeräubern als Sklaven verkauft, aber sonst ganz guter Dinge waren. Auf Fatimes vom Libretto her schon konventionell anmutende Arie über ihr Heimatland Arabien und das flotte Duett, in dem nun beide, da ihnen im Augenblick nichts Besseres einfällt, ihre Heimat besingen, was sich aber das aufgeräumte Haus gern ein zweites Mal zu Gemüte führen ließ, folgte wieder eine öde Sprechwüste, in der Droll Hüon auf den Schauplatz transportiert und dieser erst einmal erfahren muss, was inzwischen geschehen sei und wo seine Rezia sich aufhalte.

Die Luft war unterdessen immer stickiger geworden. Weber presste das Taschentuch an die Stirn und versuchte, des aufkommenden Hustens Herr zu werden, indem er mehrere Male mit weit geöffnetem Mund, den Kopf zurückgeneigt, tief atmete, eine Technik, die mitunter half. Dann endlich die rettende Oase, das Stichwort zum hübschen Terzettino, mit dem die drei Protagonisten Oberons Beistand erbitten. Die Kavatine der Rezia in der folgenden Szene, in der sie ihr trauriges Schicksal als Sklavin beklagt, *Mourn thou, poor heart, for the joys are dead*, war wie der erquickende Trunk in großer Dürre. Das nach kurzem Dialog, in dem sich Rezia weigert, ihrem neuen Herrn zu Willen zu sein, anschließende Ballett mit kommentierendem Chor - hier muss Hüon standhaft den Verlockungen der Haremsdamen widerstehen - zog das Publikum ganz in seinen Bann. Die Tänzer waren wirklich exzellent, und was die Choreographie dem Auge bot, ein seltener ästhetischer Genuss.

Jetzt wieder ein kurzes Sprechstück - Hüon wird ergriffen und soll auf den Scheiterhaufen, Rezia will mit ihm sterben -, doch da tönt das glücklich wiedergefundene Horn Oberons zum Finale, zu dem er nun erlöst den Einsatz gab: Alle müssen gebannt von den Klängen des Horns tanzen, und schließlich erscheint der zufriedene Oberon, der die Prüfung für bestanden erklärt: *Hail, faithful pair! Your woes are ended!* Nun noch der zündende Marsch, während dessen sich die Szene in den Thronsaal Karls des Großen verwandelt - die Bühnenarbeiter bewältigten es, ohne dass er das Stück wiederholen lassen musste -, jetzt noch zu guter Letzt Hüons kurzes Solo und der Huldigungschor, dann war es geschafft.

Inmitten des tosenden Beifalls, der schon bei den Schlussakkorden einsetzte, stand er da, erschöpft und glücklich.

Während sich Sänger und Ballett in kunstvoll erdachten Arrangements an der Rampe verneigten und ein Protagonist nach dem anderen in schneller Abfolge vor den Vorhang trat, damit der Applaus nicht allzu bald verebbte, die Streicher Beifall bekundend mit ihren Bögen auf die Saiten klopften, das ganze Haus skandierend seinen Namen rief, fand er allmählich wieder zu sich. Er ließ sich auf die Bühne führen, schüttelte seinen Helden - nur keinen vergessen - die Hände, fing Blumensträuße auf, nahm knicksend und dienernd erwiesene Glückwünsche entgegen, verneigte sich tief vor seinem ihm so sehr gewogenen Publikum und fühlte sich, als wäre mit einem Schlage alles von ihm genommen: die Krankheit, die Einsamkeit und die Furcht vor dem Tode, als sei das Leben mit all seiner einst jauchzend empfundenen Leichtigkeit wieder in ihn zurückgekehrt, zu immer währender taumelnder Freude.

Dann war auch das vorbei. Die anschließenden Feierlichkeiten wischten die glückliche Illusion fort, waren nur noch bloße Anstrengung; er hätte jetzt mit sich allein sein, das eben so intensiv Durchlebte, allen gesellschaftlichen Ritualen entrückt, in sich nachklingen lassen wollen. Stattdessen das, wie es immer gewesen war und natürlich auch dazugehörte und routiniert durchgestanden werden musste: öde Vorstellungen, nichtssagende Komplimente, Phrasen und Floskeln, Verneigungen und Handküsse, Leute, die man nicht kannte noch jemals kennen würde oder wollte - die Seele marterndes, unsinnig summendes Geräusch, welches man, sich treiben lassend, annehmen musste, um es nicht als gellendes Gekreisch, dem Wahnsinn nahe, zu erfahren. So gewappnet, spielte er seine Rolle, als gefiele sie ihm, lächelte, drechselte erwartete gefällige Sprüche und hielt sich aufrecht, bis er die Treppe zu seinem Zimmer im Smartschen Hause erklommen hatte.

Am 25. April dirigierte er die letzte der zwölf Aufführungen des *Oberon*. Was er erwartet hatte, war eingetreten: Allmählich war der musikalische Ablauf stimmiger und runder geworden. Das prickelnde Gefühl des Neuen aber, die überwältigende Wirkung des zu sinnlichem Eindruck gewordenen musikalischen Konzepts, die intensive Empfindung glücklicher Emphase waren mit dem nun gewonnenen Abstand zunehmend verblasst. Mit der allmählich nachlassenden Anspannung machten sich nun die körperlichen Gebrechen umso stärker bemerkbar.

In den dunklen Aprilnächten, wenn ihm die Schlaflosigkeit qualvolle Einsamkeit suggerierte, das Herz stillzustehen schien, er in kalten Schweiß gebadet wie gelähmt dalag, die Angst die Kehle zuschnürte und das Gefühl der Ausweglosigkeit mit unbezwinglicher Macht auch den leisesten Anflug tröstender Hoffnung erstickte, dachte er nur noch an panische Flucht. Alles augenblicklich hinwerfen, die wenigen noch verbleibenden Konzerte und Empfänge absagen, mit der ersten besten Kutsche nach Dover dem erdrückenden Schicksal zu entfliehen suchen und sich den Teufel um die Gunst der Leute scheren. Nur zurück nach Dresden, in die Arme von Caroline, die geliebten Kinder noch einmal ans Herz drücken, dann mochte kommen, was ihm bestimmt war.

Anderentags, wenn der lähmende Alptraum gewichen war, erwog er bei nüchterner Betrachtung der Umstände Aufschub. „Mein liebes Leben", schrieb er an einem dieser Abende an seine Frau, „ jetzt ist, gottlob!, das meiste geschafft. Der *Oberon* ist hinter mir und meine Reise gelangt nun an ihr Ende. Welch herrliche, lange nicht so gefühlte Freude durchströmt mich, denke ich daran, wie ich Dich binnen kurzem in meine Arme schließen werde.

Dass es Euch, wie Du in Deinem lieben Briefe mitteilst - ich erhielt ihn gestern, gerade als ich zu meiner letzten Aufführung des *Oberon* eilte, so recht gut geht, die Kinder mit fröhlichem Herumtollen ausgelassene Lust am Leben bekunden, Du selbst, unter der heiteren Frühlingssonne spazierend, die wieder erblühende, nach Wasser und Wiesen duftende Natur genießt - dies alles erwärmt mir das Herz. Mir selbst geht es leidlich, und wenn ich zu arbeiten habe, muss ich auch nicht husten.

Fürstenau, der mir einen Gruß an Dich aufgetragen hat, erzählte mir dieser Tage, als es mir nicht besonders ging, wohl um mich zu trösten, er sei, böse vom garstigen Hexenschuss getroffen, kaum aus dem Bette hochgekommen - was bei den harten englischen Matratzen schon etwas heißen will -, habe sich mit Qualen, die Beine über den Boden schleifend, mühsam zu seinem Konzert geschleppt, auf das Schlimmste gefasst. Doch, o

Wunder, nach den ersten Tönen, die er, so behindert, kaum hoffte, der Flöte entringen zu können, sei ihm der Schmerz gleich abhanden gekommen - die Konzentration auf das wirklich Wichtige hatte ihn fortgedrängt! Kaum war der Auftritt vorbei, hielt ihn das Elend wieder in den Krallen. So geht das mit mir auch.

Gern würde ich mich stante pede in die nächstbeste Kutsche werfen und an Deine Brust fliegen - doch noch seid Ihr alle, Du, die Kinder und unsere friedliche Sommeridylle in Hosterwitz, zur Fata Morgana entrückt. Noch sind einige Konzerte zu geben, noch die eine oder andere Festivität zu absolvieren, auf der man mich zu konzertieren bittet - was ich mit wenig Freude tue, ist doch zu solchen Anlässen stets nur ein kleines Häuflein echter Enthusiasten zugegen, die meiner Musik zuhören wollen, und was ich denen auf dem Klaviere spielen soll, am liebsten Potpourris aus dem *Freischütz*, habe ich satt bis zum Überdruss. Die anderen, Du kennst das, sitzen oder stehen herum, schwatzen, und mancher fixiert mich, als sei ich ein hurtig mit Bällen jonglierender Zirkusclown. Damit er dann überall herumerzählen kann, er habe nicht nur den in Vauxhall vorgeführten possierlich tanzenden Braunbären aus Amerika gesehen, sondern auch den nicht weniger putzigen Herrn von Weber aus Deutschland, welcher aus einem schwarzen Klaviere behende Töne zaubere. Was sagt man da? Aber was hilft's. Außerdem wird´s recht ordentlich honoriert, und jeder Penny, den ich so zusammenschrapse, kann uns nützen.

Auch will ich auf keinen Fall den Anschein der Undankbarkeit erwecken. Es bewiese von meiner Seite wenig Delikatesse und Anstand, reiste ich jetzt, kaum dass der *Oberon* so sehr Sensation gemacht hat, Hals über Kopf ab. Selbst meine chronische Krankheit möchte das nicht entschuldigen. In unserem Metier hat man den Kopf hoch zu halten. Also gedulden wir uns noch die paar Wochen. Anfang Juni komme ich gewiss. Du hast keine Idee, wie lang mir das wird, obwohl ich hier viele treffe, welche mir mit unbeschreiblicher Liebenswürdigkeit und und vornehmer Artigkeit begegnen und alles Erdenkliche tun, mir Annehmlichkeiten zu bereiten. Doch ist die Zeit der Trennung bald vorüber. Nur noch kurze Weile und ich drücke Dich an mein Herz und flüstere Dir Dinge ins Ohr, die ich im Briefe nicht schreiben will.

Lebe wohl, mein vielgeliebtes, gutes Leben, hab Dich gar, gar sehr lieb, äußerst sehr, über alles sehr. Und denke heiteren Sinnes an Deinen Carl.

P S. Ich sinne schon jetzt darüber nach, was ich mitbringen soll. Habe gegenüber in einem Laden einen hübschen Hut für Dich gesehen. Ob Dir das konvenierte?"

Der Mai brachte keine Linderung. Schneeschauer wechselten mit peitschendem Regen. Schneidender Ostwind schob immer wieder Wolkenbänke vor die blasse Sonne. Fürstenau, der ihn jetzt regelmäßig besuchte, musste ihm dabei helfen, Partitur und Stimmen für ein Orchesterstück mit Chor herzustellen, das Weber für die Jahresfeier der *Royal Society of Musicians* versprochen hatte. Er selbst war zu schwach, nur eine einzige Note zu schreiben, und diktierte dem Flötisten mit kaum vernehmbarer Stimme. Den Auftrag abzulehnen, ein Stück zu dem feierlichen Anlass beizusteuern, war unmöglich gewesen; wie konnte er eine Ehre ausschlagen, welche vorher schon Haydn und Spohr zuteil geworden war. So hatte er schnurstracks beschlossen, den Marsch aus seinen *Sechs Leichten Stücken für Blasorchester* umzuarbeiten. Reine Routine, wenn man bei Kräften und guten Muts war. Dem Konzert selbst blieb er fern; Kind hatte ihn beschworen, liegen zu bleiben und die lindernden Senfpflaster um Gottes willen nicht zu entfernen.

Sobald das Atmen etwas leichter ging, flüchtete er ins Freie - nur nicht allein sein und schwermütigen Gedanken nachhängen, Menschen begegnen und für eine Weile das Gefühl haben, man gehöre noch dazu, warte nicht voller Angst auf den vielleicht letzten, tödlichen Anfall. In der einzigen Woche, wo er ohne alle Verpflichtungen war, ersann er ausgiebige Ausflüge mit einem geradezu ausgelassenen Enthusiasmus, als könnten sie ihm das Leben wiedergewinnen. Er fuhr bei heiterem Wetter, das ihn das Atmen nicht spüren ließ, mit Fürstenau nach Richmond, arrangierte eine Bootsfahrt auf der Themse nach Greenwich, unternahm lange, erfrischende Spaziergänge durch den ganz in der Nähe gelegenen Hyde Park, wofür ihm bisher Zeit und Muße gefehlt hatten.

Er war beglückt, als ihn Smart an einem frischen, sonnigen Maientag zu einem Ausflug in die Umgebung Londons einlud. Während des Mittagessens, das sie auf der Terrasse einer ein wenig abseits gelegenen Wirtschaft in Hampstead ungestört von anderen Gästen einnahmen, brachte der Kapellmeister das Gespräch auf die geplante Heimreise. Ob er denn im Großen und Ganzen mit seinem Londoner Aufenthalt zufrieden sei, er selbst habe es als großes Glück empfunden, einem so bedeutenden Manne zu Diensten zu sein.

Weber, in friedfertiger Stimmung und in dem Gefühl, jetzt, da die Trennung von Land und Leuten in greifbare Nähe gerückt war, nichts mehr ändern zu müssen, beließ es bei einigen freundlichen Komplimenten, in denen ihm die Wendungen „unvergessliche Eindrücke, glückliche Stunden bei der Arbeit mit den Künstlern, freundlliche Behandlung und hilfsbereites Entgegenkommen, Lassen Sie mich's in Ihrer Sprache sagen: *I really feel at home in your house and couldn't have it better*" ungezwungen über die Lippen gingen. Auf Smarts forschenden Blick: „Das Leben ist niemals perfekt. Doch dass ich vor meiner lästigen Krankheit so lange davonlaufen konnte, verdanke ich Ihrer freundlichen Fürsorge und dieser schönen, meinen ganzen Lebensmut mobilisierenden Arbeit. Nun aber, da es geschafft ist, sehne ich mich wieder zurück zur Familie, in deren Kreise ich meine Tage in Frieden zu beschließen hoffe."

Unerwartet kam noch ein Kompositionsauftrag. Die Offerte erreichte ihn, als er schon in den Proben für sein letztes Konzert am 26. Mai steckte. Es war auch in Deutschland nicht unge--wöhnlich, dass ein Enthusiast für eine Sängerin eine spezielle Komposition in Auftrag gab, und so wunderte es Weber nicht weiter, als ein Herr William Ward - er war gerade für die City of London ins Unterhaus gewählt worden - ein Lied für die Sopranistin Catherine Stephens bestellte. Angesichts des generösen Salärs - fünfundzwanzig Guineen, ein gutes Stück Geld, das schnell zu verdienen war - hatte er nicht lange mit der Zusage gezögert. Die Stephens, eine sympathische hübsche Brünette um die dreißig, die ihn merkwürdig an eine Schau-spielerin erinnerte, mit der er als junger Bursche - es schien ihm jetzt vor undenklichen Zeiten - eine hitzige Affäre gehabt hatte, war intelligent, von schneller Auffassungsgabe und hatte auch einen Text bei der Hand. Es waren Verse aus *Lallah Rookh*, einem größeren, nicht nur bei schwärmerischen jungen Mädchen beliebten exotischen Gedicht des in London in Mode gekommenen irischen Dichters Thomas Moore. Sie gefielen ihm auf den ersten Blick. *From Chindara's warbling fount I come*, das konnte er sich augenblicklich musikalisch deuten, dazu versprach die Aussicht, mit der anmutigen jungen Frau zwei- oder dreimal zu Proben zusammenzukommen, ein paar sonst trostlose Stunden mit vielleicht inspirierendem Intermezzo zu füllen.

Es war vergeblich: die Zeit bis zur Aufführung zu knapp bemessen, die zerrüttete Gesundheit nicht mehr willens, heiteren Aufschub zu gewähren. Mit unsäglicher Mühe brachte er die Gesangstimme zu Papier, für die Notierung des Klavierparts reichte die Kraft nicht mehr. Das würde er aus ein paar schnell hingeworfenen Notizen später auf dem Konzert improvisieren.

Das Ereignis selbst stand unter keinem glücklichen Stern. Am selben Tage liefen die Rennen in Epsom, da zog es bei dem schönen Wetter manchen eher zu den Pferden als zu musikalischem Divertissement. Auch war man allerorten auf den seit etlichen Tagen in den Zeitungen groß herausgebrachten französischen Tenor Pierre Begrez neugierig, welcher zu allem Unglück zur selben Zeit sein Debüt gab.

Weber stand fassungslos vor den halb leeren Argyll Rooms: Das war also der Abschied. Wo waren sie geblieben, die Leute, die ihn noch unlängst umjubelt hatten? Bei der ersten besten Gelegenheit waren sie ihm davongelaufen, neuen aufregenden Attraktionen entgegen. Die Gunst der Stunde war vorüber: Er hatte seine Schuldigkeit getan, was also sollte er hier noch. In trotziger Wut hätte er am liebsten auf der Stelle kehrtgemacht - ein trauriger Clown, dessen Kapriolen man genossen hatte, um ihn nachher umso schneller zu vergessen. Nach dem letzten Stück, der Ouvertüre zu *Euryanthe*, das ihm, wiewohl die Musiker glänzend aufgelegt waren, heute keine Freude machte, und den abschließenden Verbeugungen brach er fast zusammen. Auf Fürstenau gestützt, gelangte er in die Garderobe, wo er eine

Weile, ohnmächtig ein Wort herauszubringen, wie versteinert auf dem Kanapee lag. Dann, während die mit betretenen Gesichtern um ihn herumstehenden Mitstreiter mit freundlich gemeinten Bemerkungen, wobei auch das neue Lied gebührend gewürdigt wurde, aufmunternden Trost zu spenden suchten, richtete er sich plötzlich auf, blickte lange mit erloschenen Augen von einem zum anderen und flüsterte mit fast versagender Stimme: „Was sagen Sie dazu? Weber in London!"

Zu Hause bei Smart schleppten sie ihn die Treppe hinauf in sein Zimmer, nur Kind blieb zurück, welcher die wie angeschmiedeten Schuhe und den Frack auszieben half, danach ihm das obligate Senfpflaster auf die Brust legte. In den dankbaren Blick seines Patienten hinein fragte er, ob er noch eine Weile an seinem Bett sitzen bleiben solle, stellte ihm, als dieser verneinte, noch ein Glas Port auf das Nachttischchen und verabschiedete sich bis zum anderen Morgen, wo er in aller Frühe wieder nach ihm sehen und eine Inhalation einleiten würde. Dann war Weber mit sich allein.

Mit dem Einschlafen würde es wohl eine Weile dauern. Den flüchtigen Gedanken, ein paar Eindrücke seinem Tagebuch mitzuteilen, verwarf er. Auch Caroline wollte er erst morgen schreiben, ihr die letzten Einzelheiten über die in wenigen Tagen geplante Heimreise mitteilen. Eins war sicher: Er würde keine Umwege machen, wie er es ursprünglich vorgehabt hatte, sondern schnurstracks und so schnell das zu bewerkstelligen war, nach Dresden zurückkehren. Er griff nach dem Port - mein Gott, wie einem die zittrigen Hände kaum noch erlaubten, das Glas zum Munde zu führen -, nippte vorsichtig, kratzenden Hustens gewärtig, trank dann, beruhigt, einen großen Schluck und genoss den erhofften Effekt, wie der Wein wohltuende Wärme im Körper ausbreitete.

Was würde er Caroline sagen, ging es ihm durch den Kopf, während er auf den Schlaf wartete, wenn sie ihn fragte - und sie würde es mit Gewissheit tun -, ob sie sich denn gelohnt habe, diese Trennung von den Seinen? Jetzt, da alles vorüber war, er innerlich mit London abgeschlossen hatte und seine Gedanken allein um das Zuhause kreisten, war er sich nicht mehr so sicher.

Einträglich war es gewesen. Gewiß. Wenn auch nicht wie erhofft. Tausend Pfund Honorar - das war ein gutes Stück Geld. Aber was sonst hatte es schließlich eingebracht? War es das Risiko wert gewesen, sein ohnehin kurz bemessenes Leben zu vielleicht noch schnellerem Ende zu treiben? War seinem Werk mit dem *Oberon* ein alles andere überragender Höhepunkt hinzugefügt? Wenn er ganz aufrichtig zu sich war, musste er diese Frage verneinen. Sicherlich, eine schöne Oper war es geworden, manches würde sich ohne Zweifel erhalten. Vieles war auf der Höhe bewährten Könnens, darunter eigentlich nichts. Einiges war sogar technisch viel besser gearbeitet als früheres, aber die neue deutsche Oper war es nicht. Zu viel hatte er gegen die eigene Überzeugung hingenommen. Er wünschte, er hätte mehr Kraft zu widersprechen gehabt. Man würde das Urteil der Nachwelt überlassen müssen, dachte er resigniert. Aber wäre es daheim anders gewesen?

Es war jetzt ganz still auf der Straße. Er hörte sein Herz pochen. Das Licht der Laternen drang diffus durch den wattigen Nebel und ließ die Umrisse von Gegenständen im Zimmer hervortreten. Im Hause rührte sich nichts. Fürstenau und Kind waren gegangen. Smart schlief zu dieser Stunde gewiss; der Tag war anstrengend gewesen.

Wenn er jetzt stürbe, fuhr es ihm durch den Sinn, niemand würde es bemerken. Sein Blick fiel auf das Klavier, auf dem noch das Notenblatt mit dem unvollendeten Lied lag. Nein, der Entschluss nach London zu gehen, war richtig gewesen. Er hatte noch einmal mit allen Sinnen leben dürfen, war sogar für ein paar glückliche Augenblicke aus dem kalten Schatten des Todes herausgetreten in die seelenerwärmende Gunst seines Publikums. Angst hatte er wohl empfunden, wenn ihm der Körper den Dienst versagen wollte und ihm das ferne Zuhause mit seinen Lieben als letzte Rettung verheißendes Refugium vor die Augen trat. Doch einsam, wirklich einsam, ganz und gar verlassen, das war er zu keiner Zeit gewesen. Das kam erst jetzt, wo alles vorüber war. Das war das Letzte und Schlimmste, dem er sich nun stellen musste.

Er schloss die Augen. In dem Wunsch, endlich einzuschlafen, begann er darüber nachzudenken, wie die Begleitung des neuen

Liedes aussehen könnte. Er sah die Stephens vor sich, hörte ihre klare, ausdrucksvolle Stimme den Raum erfüllen, zu der sich nun eine Flötenmelodie gesellte: Das war doch Fürstenau, mit ernster Miene wie stets die Flöte an die Lippen gepresst, und da stand auch Stumpff, der mit listigem Augenzwinkern zarte Arpeggien aus seiner Konzertharfe zauberte, und schließlich über allem das kühle Gesicht Smarts, das ihm vom Klavier unverwandt entgegenblickte. So könnte er das Stück instrumentieren, dachte er zufrieden. Es dann mit den Musikern einzustudieren, wäre ein schöner Schlussakkord. Ob die Abreise nicht noch ein paar Tage warten könnte?

* * *

Weber starb in der Nacht zum 5. Juni. Als das fröhliche "Guten Morgen", wie jeden Tag von Stumpff über die Straße gerufen, unerwidert blieb, alarmierte dieser die Hausbewohner. Man erbrach die Tür und fand den toten Weber auf seinem Bett liegend. Wie die noch am selben Tage vorgenommene Obduktion ergab, war die Lunge von Tuberkeln und Kavernen zerstört. Der Leichnam wurde einbalsamiert und in einen Bleisarg gebettet. Nachdem am 21. Juni die Beisetzung unter großer Anteilnahme der Londoner Bevölkerung in der katholischen Moorfields Chapel stattgefunden hatte, verblieb der Sarg dort fast zwei Jahrzehnte, bis er schließlich Ende 1844 auf Betreiben von Webers Nachfolger Richard Wagner und eines Komitees von Honoratioren der Stadt gegen den zunächst hartnäckigen Widerstand des sächsischen Hofes und unter mühsamer Aufbringung der dafür erforderlichen Geldmittel nach Dresden überführt wurde, wo der Komponist auf dem katholischen Friedhof seine letzte Ruhestätte fand.

Vom selben Autor:

Der Arme Gundling. Historischer Roman aus dem 18. Jahrhundert über den gleichnamigen Hofnarren und Berater des preußischen Königs Friedrich Wilhelm I. Gundling, meist als Trunkenbold und Opfer derber Späße des Tabakkollegiums erinnert, war in der Tat einer der bedeutendsten Gelehrten seiner Zeit und Nachfolger Leibniz' als Präsident der Berliner Sozietät der Wissenschaften. Aus den fiktiven Erinnerungen eines befreundeten Arztes entsteht das plastische Bild dieser charismatischen barocken Persönlichkeit.

„Gerhard Hartmann schrieb ein Buch, das uns nähere Einblicke in die geistige und muffige Welt des Soldatenkönigs verschafft. Das Lesen des Romans gibt obendrein noch Genuß, weil der Autor den Sprachduktus jener Zeit belebt."

Potsdamer Neueste Nachrichten